文章読本

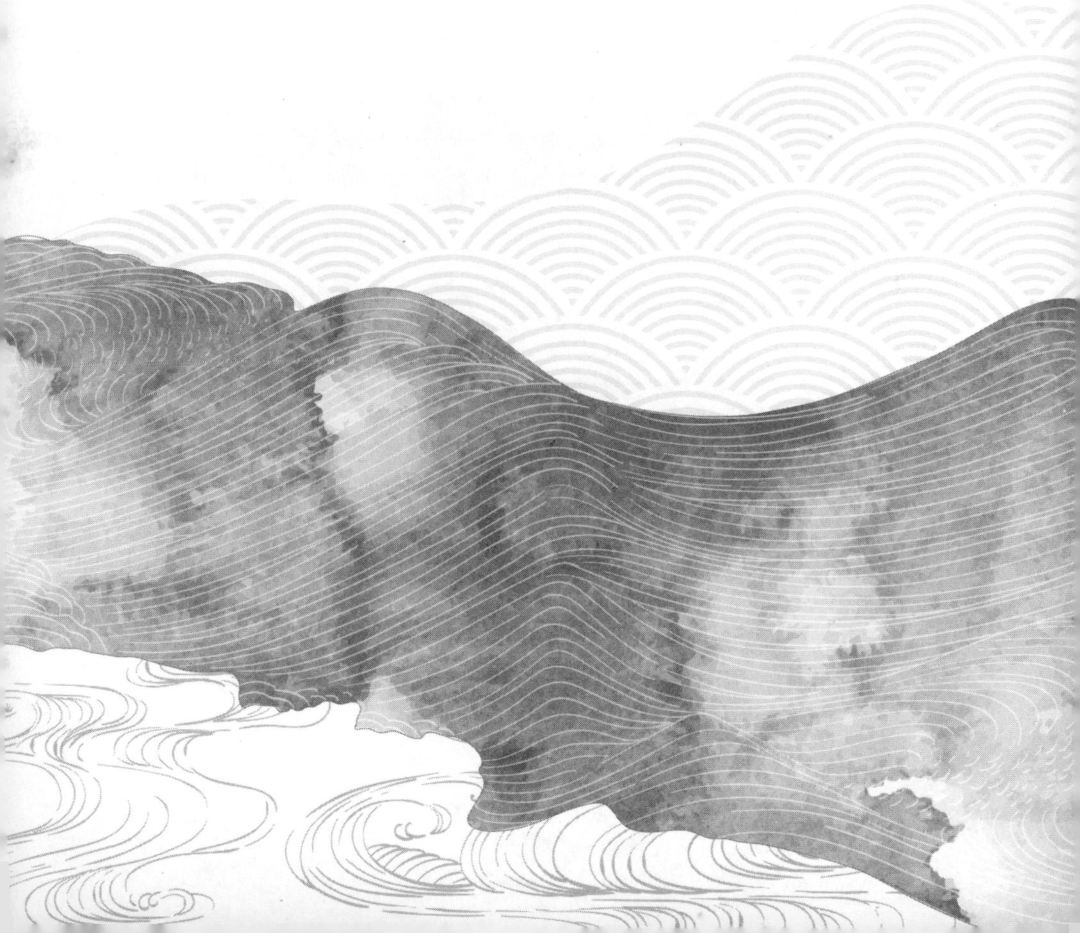

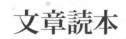

文章讀本

增訂新版

谷崎潤一郎／著
賴明珠／譯

聯合譯叢 090

前言

谷崎潤一郎

本讀本的目的，是為了讓各階層的更多讀者閱讀的，因此寫得盡量通俗。所以不用說，並不是為專家學者閱讀而寫的。雖然如此，不過到目前為止，我還從來沒有寫過這類的文章，因此在順序的擬定、章節的安排等方面或許有欠妥當，由於不習慣的關係，還請多多包涵。

我從自己長年的經驗中挑出，寫文章最必要，而且在現代口語文中最缺乏的根本事項為主，寫出本讀本。其他細微的點，修辭上的技巧等，相信學校也會教，這類的書也很多，在這裡就不提了。換句話說，本書只記述「我們日本人寫日本語文章的心得」。

此外，開頭已經將企圖的事項明白表露了，但若提到心願的話，因為很遺憾限於篇幅，引用文只能適度節約。文章之道重要的與其說理論不如實際，因此如果能一一舉例說明，而讀者諸君能有同感的話，必然幫助很大。因此，日後如有機會，希望能以引用文為主加以述說，作為本讀本的補遺。

昭和九年九月

文章讀本　目錄

二、文章精進法……067

一、何謂文章

◎語言和文章

人要把心中所想的事情傳達、告知他人時，有各種方法。例如要訴說悲哀時，以悲傷的臉色來傳達。想吃東西時用手做出吃的樣子給對方看也能了解。此外，也可以用哭、呻吟、喊叫、瞪眼、嘆氣、揮拳等手段，尤其要一口氣立即表達急切、激烈的感情時，採用這種原始方法有時候更適合，不過要明白傳達稍微精細一點的思想時，除了依靠語言之外沒有其他辦法。沒有語言的話到底有多麼不方便，只要去一個語言不通的外國旅行看看就知道了。

此外，語言不只有以他人為對象的時候而已，在自己一個人想事情的時候也有必要。我們在腦子裡自言自語地說「這個要這樣」或「那個要那樣」，一面自己說給自己聽一面想。如果不這樣的話，會不清楚自己在想什麼，沒辦法理出頭緒。各位在思考算術和幾何問題時，也一定會在腦子裡使用語言。我們在孤獨時也習慣自己對自己說話以轉換心情。就算不勉強去想事情，但一個人孤零零的時候，自己內在的另一個自己，也會忽然向你耳語起來。其次，在對別人說以前，也可能先把自己想說的話在心裡試說一遍，然後才說出口。平常我們在說英語時，首先浮現日語，然後在腦子裡翻譯成英語再說出來，其實我們用日語表達的時候，要述說困難的事情時，也常常感覺需要這樣做。**那麼語言不但是傳達思想的機器，同時也賦予思想一種型態，並加以整理就緒**，有這樣的作用。

因此，語言是非常方便的東西，但如果以為人心中所想的事情都可以用語言表達，沒有無法用語言表白的思想和感情，這樣想卻錯了。就像剛才說過的那樣，哭泣、笑、喊叫的方法，有時更吻合當時的心情。默默飲泣和流淚的方法，比說個沒完，費盡口舌更能傳達感慨萬千的感動。再舉個更簡單的例子來說，如果要讓一個從來沒吃過鯛魚的人明白鯛魚的滋味的話，各位會選擇什麼樣的語言？或許不管用什麼語言都沒辦法說明吧。就像這樣，連一種東西的滋味都無法傳達，所以所謂語言這種東西也還真是不自由的東西。不但如此，說到具有整理思想的作用這方面，也有容易把思想納入定型中的缺點。例如看到紅花時，是不是每個人都同樣感受到那顏色也有疑問，眼睛感覺敏銳的人，可能從那顏色中發現常人沒注意到的複雜的美也未可知。那個人眼中所感受到的顏色，可能是和普通所謂「紅」的顏色不同的東西。可是這種情況下要把那用語言表現出來的話，總之是最接近「紅色」，於是那個人還是說「紅色」。換句話說，因為有「紅色」這樣的語言，所以那個人就用這個傳達了不同於真正感覺的東西。如果沒有語言的話就只是無法傳達的事情，有了語言卻也有壞處。這在往後還有機會詳細說明，現在不再多說，不過我要重複表明，語言並不是萬能的東西，它的作用既不自由，有時候甚至有害，請不要忘記。

其次，語言不用口頭說，而以文字表示來代替，就成為文章。以少數人為對象時用口頭就夠用，以多數人為對象時，要一一去說很麻煩。而且，以口頭說的語言只有在當場聽見就立即消失，無法長久傳達。這時候把語言化為文章形式，可以讓眾人閱讀，而且也產生流傳後世的作用。因此語言和文章本來是同樣的東西，在提到「語言」之中，有時候也含有「文章」的意思。嚴密說來，或許不妨用「以口頭說的語言」和「以文章寫的語言」來區別。但，**同樣是語言，既然已經用文字寫出來了，自然就會開始和用口頭說出來的不同**。小說家佐藤春夫主張「文章要依口頭說的那樣寫」的主義，不過就算依說話方式寫出來的東西，用眼睛讀，和直接聽到說同一件事，感覺還是不同。用口頭說的時候，那個人的聲音，話語和話語之間停頓的時間、眼神、臉上表情、身體動作、手勢等都能感受得到，文章卻沒有這些要素，不過相對的卻可以運用文字的用法和其他很多方法來彌補，有這樣的長處。此外以口頭說的方式，主要著眼在當場感動對方，文章的方式則盡量寫得讓那感動能被長久記憶。因此，以口頭說的技術和以文章記錄的技術，分別屬於不同的才能，很會說話的人並不一定就擅長寫文章。

◎實用性文章和藝術性文章

我認為文章沒有實用性和藝術性的區別。文章最重要的是什麼呢？把我們心中所想的事，自己想說的話，盡量照樣，而且清楚地傳達出來，不管寫信或寫小說，除此之外並沒有其他寫法。從前有「去花就果」是文章本旨的說法，這是什麼意思呢？是說去除多餘的裝飾，只把必要的話寫出來的意思。這樣看來，最實用的，才是最傑出的文章。

明治時代，流行過一種遠離實用性稱為美文體的文體，大家競相寫出一連串困難的漢語，使用語調好，字面漂亮的文字，以敘述風景、陳述感情。這裡有這樣一篇文章，請試著讀讀看。

自從南朝年號延元[1]三年八月九日起，吉野之主上患病，逐漸沉重。醫王善逝[2]之誓約，祈福皆不應驗，耆婆[3]扁鵲[4]之靈藥，施之亦不靈驗。（中略）左手持法華經第六卷，右手按劍，八月十六日丑時[5]，終於駕崩。悲哉，北辰位高，百官雖

1延元（1336~1340），南北朝時代的南朝後醍醐、後村上天皇朝的年號。
2醫王善逝，藥師如來善逝為佛的十號之一。
3耆婆，釋尊時代的名醫。
4扁鵲，中國的名醫。《史記》有〈扁鵲傳〉記載。
5丑時，午前二時。

如星辰羅列，然九泉之路能陪伴同行之臣竟無一人。奈何，南山偏僻之地，雖萬卒雲集，然無常之敵來時，卻無可禦之兵。唯如覆船於中流，任一壺[6]之漂於巨浪，暗夜燈滅如向五更之雨。（中略）土墳數尺之草，一徑淚盡愁未盡。舊臣后妃涕泣瞻望鼎湖[7]之雲，恨添天邊之月，夙夜霸陵[8]之風，慕別夢裡之花，嗚呼哀哉。

南朝の年号延元三年八月九日より、吉野の主上御不豫の御事ありけるが、次第に重らせ給ふ。医王善逝の誓約も、祈るに其の験なく、耆婆扁鵲（きばへんじゃく）が霊薬も、施すに其験おはしまさず。（中略）左の御手に法華経の五の巻を持せ給ひ、右の御手には御剣（ぎょけん）を按じて、八月十六日の丑の尅に、遂に崩御なりにけり。悲い哉、北辰位高くして、百官星の如くに列ると雖、九泉の旅の路には供奉（ぐぶ）仕る臣一人もなし。奈何せん、南山の地僻にして、万卒雲の如くに集ると雖、無常の敵の来るをば禦止（ふせぎとど）むる兵更になし。唯中流に船を覆（くつがへ）して一壺（いっこ）の浪に漂ひ、暗夜に燈消えて五更の雨に向ふが如し。（中略）土墳数尺の草、一径涙尽きて愁（うれひ）未尽きず。舊臣后妃泣く泣く鼎湖（ていこ）の雲を瞻望（せんぼう）して、恨を天辺の月にそへ、覇陵（はりょう）の風に夙夜（しゅくや）して、別を夢裏（むり）の花に慕ふ。哀なりし御事なり。

這是《太平記》[9]中描述後醍醐天皇駕崩的一節文章，在寫這篇文章的南北朝時代應該算是一種名文，其中種種困難漢語，想必都充滿真實感。尤其是描述帝王的駕崩，因此串聯莊嚴的文字，使場面合乎禮儀。我小時候，聽說《太平記》的這一段非常有名，尤其「**土墳數尺之草，一徑淚盡愁未盡。舊臣后妃涕泣瞻望鼎湖之雲**」的地方，曾經熟讀到現在還背得出來的地步。明治時代所謂的美文就是從這種文體一脈相傳下來的，學習這種迂迴轉折。當時我小學的作文，就曾經苦心尋找練習這種漢語加以堆積起來，像天長節（天皇誕辰）的祝辭、畢業典禮的答辭、觀櫻記等文章，都是以這種文體撰寫成的。從前不知道怎麼樣，對現代人來說，未免裝飾過度，不方便表現自己的思想

6一壺，一瓢。漂流中船翻覆以一瓢代替氣囊浮袋緊抓不放的不安心情。

7鼎湖，黃帝乘龍升天時，眾臣於鼎湖（河南省）含悲仰望雲天，見《史記・禪書》。

8霸陵，漢文帝之陵，位於陝西省長安縣東。

9《太平記》，室町幕府時代的戰爭故事。傳說為小島法師作但不詳。記載一三一八年至一三六七年，後醍醐天皇至後村上天皇五十餘年的動亂，以和漢混交文體記述。

和感情。因此後來，我逐漸少用這種文體，所謂不實用的文章，除了這種東西之外，想不到還有什麼。

在這裡預先聲明，文章分為兩種，可以區別為**韻文**和**散文**。韻文是什麼？就是指詩和歌，不只把心中的東西傳達給別人，自己也含著詠嘆的感情作成可以吟唱的文字，因此為了容易唱而把字數和音韻定下來，根據這規則來填寫，所以雖然是文章的一種，不過和普通文章目的多少有別，因此特別發達成就非凡。如果說有既不實用又具藝術性的文章，韻文應該符合這個，不過我在**本書中想說的是，非韻文式的文章，即散文**。請注意。

那麼，只針對非韻文來說，就沒有實用性和藝術性之分了。以藝術為目的所作的文章，也以實用的寫法來寫效果比較好。從前有一個時代，不以口頭說話方式照樣書寫，而以和口語不同的方法來寫文章，所用的語言，也認為用民間俗語有失禮節，而遠離實際情形刻意加以修飾，那樣的美文也曾經發揮過作用，不過現在已經不是這樣的時代了。現代人不管排出多麼美麗的詞句，音調多麼溫潤的文字，如果不能伴隨實際理解的話，就無法感覺美麗。雖然並不是完全不重視禮儀，不過就算聽到高尚優美的文句，也不會當成禮儀來接受了。第一，我們心的動向，生活的狀態，外界事物，都比以前變化得多，內容也更豐富、更精密，因此就算猛查字典找出前人所用過的古老語言來用，也不符合現代思想、感情，和社會所發生的事情。因此，實際的事情要寫得讓人能夠理解的話，就要盡量使用接近口語的文體，有時也不妨使用俗語，新語，有時甚至不得不用外國語，或其他語言。換句話說韻文和美文中，除了**讓讀者了解**之外，**眼睛看起來美麗和耳朵聽起來悅耳**同樣也是必要條件，但現代的**口語文**，卻把重點完全放在「使了解」、「使理解」上面。如果也能具備其他兩個條件的話是再好不過，只是顧不到那麼多。事實上現代社會已經變得如此複雜，光要寫得**讓人了解**這一件事，文章的任務已經夠多了。

以文章來表現的藝術是**小說**，但所謂藝術這東西卻不是離開生活還能存在的東西，在某種意義上正因與生活密不可分，因此用在小說上的文章更非要是最符合實際的不可。如果各位感覺到小說還有什麼特別說法或寫法的話，請試著讀讀任何一本現代小說看看。小說上所用的文章中，沒有所謂實用上無用的文章，在實用中用到的文章，沒有在小說上不能用的東西，這點您立刻就明白了。其次，我想引用志賀直哉的《在城之崎》（城の崎にて）的一節，當作小說文章的例子。

我的房間在二樓，沒有鄰居是一間相當安靜的和室。書讀累了，我常常走出簷廊坐在椅子上。旁邊是玄關的屋頂，和房子銜接的地方有一片平板。平板下面好像有一個蜂巢，只要是好天氣時，大大的肥胖虎斑蜜蜂每天從清晨到黃昏都在忙著勞動。蜜蜂從平板的縫隙間擠出來後，總之一定會先鑽到屋頂下去。有些在那裡仔細檢查過羽毛觸角前腳後腳之後會稍微繞著走一走，有些立刻把翅膀往兩邊奮力張開便嗡嗡地飛起來。飛起來之後忽然加快速度飛走。庭園中種植的八角金盤樹的花正盛開，蜜蜂就群聚在花上。我無聊的時候常常從欄杆眺望蜜蜂的出入。

有一天早晨，我看到一隻蜜蜂死在玄關的屋頂上。腳縮進肚子下，觸角鬆開垂在臉上。其他蜜蜂全都非常冷淡。忙著從巢裡進進出出，爬過那隻的旁邊，似乎完全不在乎的樣子。給人一種忙著勞動中的蜜蜂是如何活著的生物的感覺。而旁邊的那一隻從早晨中午到黃昏，每次看到的時候都在同一個地方完全不動地垂頭趴著，又給人一種已經死掉的感覺。三天之間一直保持那個樣子。看著那個時給人一種非常靜的感覺。好寂寞。其他蜜蜂全都進到巢裡之後的黃昏，看見冷冷的屋瓦上留下一隻死骸，好寂寞。而且非常靜。

自分の部屋は二階で隣のない割に静かな座敷だった。読み書きに疲れるとよく縁の椅子に出た。脇が玄関の屋根で、それが家へ接続する所が羽目になっている。其羽目の中に蜂の巣があるらしい、虎斑の大きな肥つた蜂が天気さへよければ朝から暮近くまで毎日忙しそうに働いていた。蜂は羽目のあはいから摩抜けて出ると一ト先づ玄関の屋根に下りた。其処で羽根や触角を前足や後足で丁寧に調べると少し歩きまはる奴もあるが、直ぐ細長い羽根を両方へシツカリと張つてぶーんと飛び立つ。飛び立つと急に早くなつて飛んで行く。植え込みの八つ手の花が丁度満開で蜂はそれに群つていた。自分は退屈するとよく欄干から蜂の出入りを眺めていた。

或朝の事、自分は一匹の蜂が玄関の屋根で死んで居るのを見つけた。足は腹の下にちぢこまつて、触角はダラシなく顔へ垂れ下がつて了つた。他の蜂は一向冷淡だつた。巣の出入りに忙しくその脇を這いまはるが全く拘泥する様子はなかつた。忙しく立働いている蜂は如何にも生きている物という感じを与えた。その脇の一匹、朝も昼も夕も見る度に一つ所に全く動かずに俯向きに転がつているのを見ると、それが又如何にも死んだものといふ感じを与へるのだ。それは三日程其の儘になつていた。それは見ていて如何にも静かな感じを与へた。淋しかった。他の蜂が皆巣に入つて仕舞つた日暮、冷たい瓦の上に一つ残つた死骸を見る事は淋しかつた。然しそれは如何にも静かだつた。

故芥川龍之介曾經提出這篇《在城之崎》是志賀直哉[10]作品中最傑出的一篇，這種文章可以說不是實用性的嗎？這篇文章雖然描寫的是一個來溫泉作溫泉療養的人，從二樓看到蜜蜂的死骸的心情，和那死骸的樣子，用簡單的語言，清楚表現出來。然而，像這樣用簡單語言明瞭描述事物的手法，在實用文章中也同樣重要。這篇文章中，並沒有使用任何困難的語言或拐彎抹角的說法。用的是我們普通寫日記、寫信時同樣的句子，同樣的說法。然而就這樣，這位作者卻描寫得真是細微深入。讀到我加上點的部分時，就知道他真是仔細觀察一隻蜜蜂的動作，並依自己所看到的樣子描寫。這麼說來他所寫的東西，在這個場合雖然是蜜蜂的動作，但能這麼清楚傳達給讀者，卻因為盡量切除多餘的地方，省略不必要的語言的關係。例如結尾的地方說「看著那個時給人一種非常靜的感覺」，其次忽然放進「好寂寞。」但並沒有放進像「我」這樣的主格，只提「好寂寞。」而已，效果卻非常好。此外接著寫到「其他蜜蜂全都進到巢裡之後的黃昏，看見冷冷的屋瓦上留下一隻死骸……」的地方，通常別人可能會寫成「黃昏時，其他蜜蜂都進入巢裡之後，只有那一隻死骸還留在冷冷的屋瓦上，看了……」，他卻縮減得這麼短，希望這樣的縮減，能寫得給人更清楚的印象。所謂「去華就實」就是指這樣的寫法，因為簡化而得到要點，所以沒有比這更實用的文章了。那麼，**所謂最實用地寫，其實就是最需要藝術性手腕的地方**，因此並不是那麼容易的作業。

只是，看到志賀的文章時，「好寂寞」的用語重複出現兩次，「非常靜」的形容詞

10志賀直哉（1883~1971，明治十六~昭和四十六），宮城縣人。東大英文科中途退學。與武者小路實篤等創刊《白樺》雜誌。文體簡潔，自傳作品《暗夜行路》、《和解》等，獲文化勳章。

也重複出現兩次，為了凸顯安靜和寂寞，這重複是有效手段，絕對不是多餘的浪費。這理由將在下一段說明，這種技巧可以說正是藝術，不過這並沒有和實用的目的背道而馳。**實用文中，如果能有這樣的技巧是最好不過的。**

雖然口口聲聲說實用實用，不過今天的實用文，包括廣告、宣傳、通訊、報導，和其他種種小冊子等應用範圍非常廣，這些多少都需要有藝術性，就以用途來說，也越來越難以分出藝術和實用的區別了。現在連法院的調查文書等，應該是和藝術關係最遠的紀錄，對犯罪狀況和時間地點都費相當的筆墨精密描寫，甚至連被告和原告的心理狀態都深入描寫，有時比小說更令人感動。那麼具備寫文章的才能，在今後任何職業應該都需要，為了能充分體會，我想還是事先把這些說個清楚比較好。

◎現代文和古典文

在前一段中，我說過口語體文章是最適合今天這個時代趨勢的，您如果要問那麼文章體文章就完全沒有參考價值了嗎？並不是這樣。因為口語體和文章體，同樣都是從我們所說的國語發展出來的，根本上是一樣的，精神上也一樣。意思是說，**口語體寫得高明的祕訣，和文章體寫得高明的祕訣，沒有兩樣。忽視文章體精神的口語體，絕對不能算是名文**。因此，我們無論如何還是有必要研究文章體。

古典文學的文章，全部是以所謂文章體寫的，不過大體可以分成**和文調**與**漢文調**。所謂和文調，其實就是古時候的口語體，像《土佐日記》和《源氏物語》那樣的文體，在當時是依照口頭說的寫下來的，換句話說是當時的「言文一致體」，也就是當時的「白話文體」，然而因為後來的口語逐漸變化下去，所以那樣的說法才成為一種文章體，只在文字上留下來而已。所謂漢文調，是從《保元物語》和《平治物語》等軍記文開始使用的文體，在原來的和文中加入漢語，又在讀漢文時混合使用日本流的特別迴轉讀法，成為所謂的**和漢混交文**。這兩種文體中，和文調已經完全廢除了。到明治時代以前稱為**擬古文**在作文時間雖然常常會練習，但因為沒有應用機會，所以現在也已經沒有人學習。相對的，漢文調方面，還多少在使用。雖然這個例子有點顧忌，不過各位所熟知的《教育敕語》，可以說是傑出的和漢混交文的範本。其他各種場合所下達的詔敕御文體，全部是傑出的漢文調，至於民間的祝辭，典禮式辭，弔辭等正式儀式中所用的文章，也以漢文調文章來寫。不過這些比起以前已經少很多了，最近列席告別式時聽到口語體的弔辭已經不稀奇，所以將來漢文調顯然也會逐漸被廢除。

我剛才說過，現代的社會因為太複雜了，所以像從前文章體那樣粗糙簡略的措辭終究不夠用。要讓現代人「了解」的話，一定要用口語體才行。而且現在的口語體，也不能像以前那樣一味重視**字面**和**音調**的美，光要想辦法寫得讓人「明白」、「理解」已經費盡力氣了。沒錯，確實如此。不過在這裡，我想喚起各位注意的是，**讓人「明白」也是有限度的**。

我在本書的最初階段，已經預先聲明過，語言不是萬能的東西，它的作用相當不自由，有時甚至有害，不過現代人卻經常會忘記這件事。而且，容易以為只要用口語體文章來寫，什麼事情都可以寫得讓人「明白」。但這樣想就大大的錯了，希望各位能經常牢記在心。從明治末期創造了所謂口語體這樣方便的文體以來，不再被用語和文字的語尾所束縛，任何事情都可以依照口頭說的那樣寫下來，因此任何微妙的事情只要使用豐富的語彙就沒有什麼無法表達的東西了，很多人這種謬誤想法先入為主，最近濫用許多語言。因此明治以來語言數的增殖情形非常嚴重，出現了前人想像不到的各種名詞和形容詞，產生了從外國語翻譯過來的各種學術用語和技術用語，今天依然繼續不斷地在創造各種新語。人們爭相驅使這許多語彙，無論述說任何事情都能鉅細靡遺地表現得淋漓盡致，因此，文章自然變得冗長起來，文章體只要一行兩行就寫完的事，卻要花五行六行來寫。可是既然花費這麼多語言數了，這下子不懂的地方一定可以讓對方看懂了吧。其實卻未必如此。就算寫的人本人認為癢的地方在手能搆得到的範圍都已經來回周到地抓到了說盡了，但讀的一方卻只感到囉唆冗長而已，卻往往無法掌握對方到底在說什麼。**其實口語體大多的缺點，在於容易被表現法的自由引誘之下，陷入冗長、散漫**。徒然因為堆積過多的詞彙反而難以體會意思。因此當今急務，反而在於收斂這種口語體的散漫，盡量單純化之上，結果這不外等於在說，**請復興古典文的精神吧**。

文章的祕訣，換句話說要寫得「讓人明白」的祕訣，要知道什麼是語言和文字可以表現的事情，什麼則不是的界線，能止於這界線之內是第一重要的事，自古以來被稱為文豪的名人都對這點心領神會。

這麼說來，從前詞彙數少而且對舉例或引經據典都很嚴格，使用場合有限制，因此，要敘述一個風景，或陳述一種心情時，並沒有很多說法。要惋惜飄零的落花、要欣賞明月的陰晴變化、或怨恨世間的人情無常，心情都因人因時的不同而多少有些差異吧，然而因為語言大多已經有固定成語，因此並沒有足以表達那不同的種類。所以在讀古典文章時，可以看到同樣的用語重複使用好幾次，但因為自然的需要，這些用語也因不同的場合而擁有獨特的延伸意義，一一像月暈那樣形成陰影，出現深度。

足柄山[11]之地，持續四五日一路陰暗蒼鬱十分駭人。即使漸入山麓，天空氣色依然模糊不清，草木茂盛無盡延伸，難以言喻十分駭人。投宿於山麓，無月之暗夜，彷彿深陷於黑暗中，不知從何處出現遊女三人。一位五十許，一位二十出頭，一位十四五。於庵前打傘讓其坐下。眾男點起火來照看之下，乃昔日人稱小畑者之孫女也。髮長，美麗覆額，色白潔淨無垢，人人憐惜「為貴府伺女亦十分足夠」，美聲皆無與倫比，清澄嘹亮響徹雲霄歡喜歌唱。人人憐惜更甚，喚至身旁助興，聽到人人唱起「姑娘勝過西國[12]遊女」，彼女隨即歡喜接唱「吾等不如難波[13]遊女」。眼看潔淨無垢，歌聲無與倫比。將離開再入如此駭人之山中，人人依依不捨眾皆哭泣，況幼小心靈告別此宿處，亦依依不捨。

黎明時分越過足柄山。山麓已如此況山中駭人之處更不待言。雲霧踏於足下。山腹樹下狹處，僅見三株葵[14]，生長於此世外山中，人人憐惜[15]。水流於山間三處。

《更科日記》[16]

足柄山というは、四五日かねておそろしげにくらがりわたれり。やうやう入り立つ麓のほどだに、そらのけしき、はかばかしくも見えず。えもいはず茂りわたりて、いとおそろしげなり。麓にやどりたるに、月もなく暗き夜の、闇にまどふ

11 足柄山，位於神奈川縣西南部箱根山北邊和靜岡縣交界處，東海道古道穿過山中。

12 西國，以京都為中心來看，京都以西之地包括今日的大阪、神戶等關西地區。

13 難波，大阪的古稱。

14 葵，葉如心形，發音有相會之日的諧音，自生於山中林間。京都賀茂神社祭典採用者名為賀茂葵（德川家的紋章就以葵葉為圖案。但這是一六〇三年以後的事）。

15 憐惜＝あはれ，含有「感佩」、「美麗」、「可愛」、「高貴」等多重意思，語源來自因感而發的感嘆。

16 《更科日記》，或《更級日記》，平安中期菅原孝標的女兒所寫的日記。寬仁四年（1020）九月十三歲時，隨父親前往上總（約為現在千葉縣）赴任時，至與夫橘俊通死別前後的追憶。以流麗的筆致書寫充滿夢幻的記事。

やうなるに、女三人(みたり)、いづくよりともなくいで来たり。五十ばかりなる一人、二十ばかりなる、十四五なるとあり。庵の前に傘(からかさ)をささせてすゑたり。男ども火をともして見れば、昔こはたといひけむが孫といふ。髪いと長く、額いとよくかかりて、色白くきたなげなくて、さてもありぬべき下仕(しもづかへ)などにてもありぬべしなど、人々あはれがるに、声すべてにるものなく、空にすみのぼりてめでたく歌をうたふ。人々いみじうあはれがりて、けぢかくて、人々もて興ずるに、「西国(にしぐに)の女はえかからじ」などいふを聞きて、「なにはわたりにくらぶれば」とめでたく歌ひたり。見る目のいときたなげなきに、声さへ似るものなく歌ひて、さばかり恐ろしげなる山中(やまなか)に立ちてゆくを、人々あかず思ひて皆泣くを、幼なきこころには、まして此のやどりをたたむ事さへあかずおぼゆ。

まだ暁より足柄をこゆ。まいて山の中のおそろしげなる事いハム形無し。雲は足の下にふまる。山のなからばかりの、木の下の、わづかなるに、葵のただ三筋ばかりあるを、世はなれてかかる山中にしも生ひけむよと、人々あわれがる。水はその山に三処ぞ流れたる。(更科日記)

本段文章是距今九百年前，上總介菅原孝標的女兒十三歲時隨父親進京，事隔四十年後，回想起來所寫的文章。其中同樣的用語重複使用幾次。足柄山是怎樣的山呢？她說是一座非常可怕的黑漆漆的山，「陰暗蒼鬱十分駭人」。而且「草木茂盛無盡延伸、難以言喻十分駭人」或「況山中駭人之處更不待言」等，形容山好像除了「駭人」的用語之外不知道別的。此外「人人憐惜」的用語也出現三次。聽到鄉下女人巧妙的歌聲，看到深山大樹下有葵三株，人們都感到「憐惜」。女人的臉說是「色白潔淨無垢」又說「眼看潔淨無垢」。形容歌聲「美聲皆無與倫比，清澄嘹亮響徹雲霄」或「歌聲無與倫比」。此外「歡喜」的副詞，和「潔淨無垢」的用詞也出現兩次。

由此可知從前可以用的語言數目是多麼少，不過相對之下作者想說的事情大體都明白表達了。光說「駭人」，也不是不能想像樹木蒼鬱茂盛的山容。在「憐惜」一語中，彷彿可以看到圍著三個女人打趣的男人們的樣子，聽到他們忘記旅途憂愁，讚美歌聲、觀賞美貌的談笑聲似的。

如此看來，像這麼樸素的寫法都大略可以夠用，對這個時代的人來說，像「歡喜」、「有趣」或「出奇」這樣簡單的形容詞，其實都分別以各種意思來用。此外，從「無月之暗夜，彷彿深陷於黑暗中」的地方，到「眾男點起火來照看之下，乃昔日人稱小畑者之孫女也。髮長覆額」的地方，僅僅五六行的短文，卻已經把夜晚路上意外走出藝人女子的妖艷美麗，和看見她們的旅人輕鬆驚訝的模樣，雖然模糊卻也浮現出來。因為有「點起火來」因此雖然不知道到底是燈火、是火把、還是柴火，但因為「庵前打傘讓其坐下」，所以女人們可能坐在庭園或路邊，而一行下男們則可能提著紙燈籠或火把。在搖曳的火影中照出紅紅的女孩子們，這一帶很稀奇的裝扮和美麗身影，後面延伸出去的漆黑暗夜，聳立在黑暗天空的足柄山山影等，可以朦朧浮現眼前。所謂「美聲皆無與倫比，清澄嘹亮響徹雲霄」，這一句「響徹雲霄」也好。這次旅行是九月三日從上總之國出發的，所以到這裡時大約是秋末時節，天氣已經相當冷，嘹亮的歌聲透澈地響徹清冷的夜空，那種感覺充分表現在這一句中。「難波遊女猶不如」的歌詞只有記下開頭部分，後面可能忘記了，不過這種寫法也留下餘韻，這就好了。雖然可能因為不知道多少言語數而這樣寫，但所用的文字溫柔、易懂，給人的感動之深，絕對不亞於饒舌的口語文。

其次，我認為古典所擁有的字面上和音調上的美，某種程度——不，有時候非常——值得參考。這雖然好像跟我前面所說的有點矛盾，不過如果進一步思考時，其實雖說是口語文，也不可能完全忽視文章的**音樂效果**和**視覺效果**。因為，其實要讓人「明白」的話，賦予文字的形和聲音的調子，都擁有力量。讀者自己在讀的時候或許沒有意識到這些關係。不過，從眼睛和耳朵得來的快感，如何幫助理解，是名家都知道得非常清楚的事。既然說：「**語言這東西是非常不完全的東西**」，所以**我們不妨動用能夠訴諸讀者眼睛和耳朵的所有要素，來補充這不足**。

例如從前，印刷術尚未發達的時代，可以想像連文字的巧拙、紙質、墨色等，對內容的理解都有很大關係，這真的是當然的事，如果是眼睛看了可以理解的東西的話，透過眼睛而來的所有官能性要素，不可能在讀者心中不留下什麼印象。於是很多情況，這些要素便和文章的內容關係密切地結合在一起，切也切不開，完全成為一體地留在腦子裡了。

我常常會想起，幼年時背下來的《百人一首》[17]的和歌，想起來時，每次眼裡都一定會浮現骨牌上所寫的文字形狀。當時沒有現在這種標準骨牌，而是由書法高明的人以草書或變體假名寫出來的，如果是「久方之」[18]就跟著所謂「久方之」的歌一起，眼睛裡便浮上那寫在骨牌上的字體來。

我想各位很可能也有類似的經驗，尤其是和歌的情況，無論是一張定家卿或行成卿所寫的美麗色紙紙板，或短冊，想必有很多人有這種記憶。今天的文章幾乎全部都印成活字，但並不因為是印刷字，就沒有這種關係了。或許文章內容在刻進讀者腦子裡時，也和印刷活字的字體一起刻進去，想起來的時候連那字體也一起想起來。因此今天，雖然文字書寫的巧拙已經不成問題，但文字的組合方式，也就是要組成一段或組成兩段，字體的種類大小，要不要用粗體，要不要加點，用四號字還是五號字，還有漢字的注音寫法，一個用語要用漢字來寫還是用平假名寫、用片假名寫，這些在讓讀者理解文章想表現的理論、事實、和感情上，可能幫助不少，也可能成為妨害。

文章的第一個條件雖然是寫得「讓人明白」，第二個條件是寫得「讓人長久記憶」，和口頭說話不同，主要在於後者，以任務來說或許這邊來得更重要也未可知。那麼，想到這裡，文字的體裁，也就是所謂字面這東西，就成為更重大的要素了。從剛才所提到的《百人一首》的例子也可以知道，我常常想起這些和歌，大半因為那美麗的字體。我一面想起那美麗的字體，一面想起和歌，想起寫著那骨牌的觸感，想起玩弄那個時，幼年時代新年的晚上，真是說不出的懷念。西洋文章是不是也有這樣的情形呢？因**為我們用的是我們獨特的象形文字，所以利用訴諸讀者眼睛的感覺，例如在活字的世界，某種程度是有效的**，只要將來國字改成羅馬字的日子不來臨，唯有我們難得有幸被賦予的利器，不可能捨棄的道理。這麼說來，或許有人會說這是文章的邪道，不過**所謂字面這東西，無論是好是壞，都一定會影響到內容**，尤其像我國這種象形文字和音標文字混用的情況更是這樣。那麼，會考慮把這影響和寫這篇文章的目的合而為一也是理所當然的。

只是，為了免於誤會，我要事先聲明，在這裡所謂的「字面」，不一定指用困難的字。最近，經常看到有人刻意把漢字用片假名來寫，例如「憤慨」寫成「フンガイ」，

---

17 精選一百位作者每人一首的和歌集。以藤原定家編撰的《小倉百人一首》最著名。

18 久方之，和天空、日、月、星、光、天氣有關的歌類。

標示一種效果，成為一種流行。那些做法，也相當於我所說的在字面上做考慮。這麼說是因為，在西洋要拼出一定的語言只有一定的字母可用。例如「桌子」的語言只能寫成desk。在中國可能也一樣，但在日本卻有漢字的「机」平假名「つくえ」片假名「ツクエ」，三種寫法。那麼，故意把到處常見的漢字用假名寫以引起讀者注意，希望加強記憶，這種手段於是成立。其次，所謂「娛眼」的文字，絕對不止限於漢字。雖然漢字一字一字看起來具備美感，然而文字與文字的連接方式並不美。夾雜在假名之間使用，有時候感覺生硬，日本的平假名文字不但本身中含有優雅感，連接方式也真美。而且，漢字因為筆劃複雜，化為像今天這樣的小型活字時固有的魅力大半消失掉，然而平假名因為筆劃簡單，所以今天仍然不失魅力。所謂字面的快感，是將這些事情總合考量後所寫的意思。

但是，現代的口語文最缺乏的，與其說是眼睛不如說訴諸耳朵的效果，也就是**音調之美**。今天的人說到「讀」時，一般都以「默讀」的意思來解釋，加上實際上發出聲音朗讀的習慣已經逐漸荒廢中，因此自然文章的音樂性要素可能就被忽略了，這在文章道上是非常令人嘆息的事。西洋，尤其在法國一帶，**詩和小說的朗讀法**非常受到重視和研究，經常舉辦各種朗讀會，而且據說不僅限於古典，連現代作家的作品也經常被試著朗讀，就是要這樣才可能期待文章的健全發展，因此他們國家的文藝風氣之盛也不是偶然的。

相反的，我國現在就沒有所謂朗讀法這東西，也沒聽說過有人在研究。最近據說大阪的JOBK廣播電台播出富田碎花氏詩的朗讀，接著JOAK也由古川綠波氏播出夏目漱石《少爺》的一節，因此或許可以藉電台的努力而逐漸開拓這方面的嘗試。但像富田這樣的朗讀名人，大可由各學校聘請去做這樣的朗讀，希望國語漢文的老師們也全都具備這樣的技能。我為什麼要這樣大力遊說呢？就算**音讀習慣已經逐漸荒廢的今天，完全不想像聲音這東西也無法讀**。人們在心中發出聲音，心的耳朵就這樣一邊聽著那聲音一邊讀。雖然稱為默讀，其實結果還是在音讀著。既然在音讀，那麼總要附加上某些抑揚頓挫和重音來讀。然而因為一般沒有人研究所謂的朗讀法，所以這抑揚頓挫和重音的附加方法，就人人不同，各式各樣。那麼好不容易特地處心積慮所做出來的文章，恐怕節奏有被讀錯的憂慮，因此對像我這樣以小說為業的人，更是重大的問題。我經常很關心自己所寫的東西讀者會以什麼樣的抑揚頓挫來讀，會這麼說，是因為大多沒有顯示這種

文章要以這樣的節奏來讀的基準。

大體說來，現代人就算在寫一點小事情，也有過分濫用大量漢字的弊病。這是因為明治以後各種習慣用語，和製漢語急速增加的結果。關於這弊害將於後段中「用語」項中詳細敘述，**但這弊害的由來之一，是最近音讀習慣逐漸荒廢，文章的音樂性效果被忽視的關係**。換句話說，文章不僅是「用眼睛理解」，同時也是「用耳朵理解」的東西。然而當代的年輕人卻以為只要寫出來看得懂就行了，並不重視語音和音調，只會像「如何如何的、如何如何的」那樣一味堆積無數的漢字。其實我們是在看到的同時也聽到而理解的。眼睛和耳朵共同在讀著文章。因此如果一次排列出太多漢字的話，耳朵和眼睛會來不及追上，字形和聲音分別進入頭腦，因此要理解內容就頗費工夫了。那麼各位在**寫文章的時候，首先有必要實際出聲暗誦那文句，試試看是不是能朗朗上口**。如果沒辦法朗朗上口的話，就可以斷定這文章是難以進入讀者頭腦裡的惡劣文章，不會錯。

實際上，我從年輕時候到今天，經常都這樣實行，從這一點來想，所謂朗讀法實在不能疏忽，如果各位有音讀習慣的話，我相信就不會再一味羅列雜亂的漢語了。

因此我想到，從前在寺子屋[19]教授漢文的讀法，稱為「素讀教法」。所謂素讀，就是不講解只朗讀。我少年時候還有寺子屋，一面上小學，一面另外還去那裡學習漢文，老師把書翻開放在書桌上，拿著棒子一面指著文字，一面朗朗讀出來，學生熱心地聽著，老師讀完一段時，輪到自己高聲讀。如果能讀到滿意就繼續往前讀。就這樣教外史和論語，意思的解釋，如果學生有問，老師會回答，一般是不說明的。不過，古典文章大體上寫得音調都很流暢，因此就算不明白意思，句子還是會留在耳裡，自然湧上嘴唇，少年長成青年，直到老年之間，每次遇到機會就會一再回想起來，因此漸漸開始明白意思。諺語說道「讀書百遍，意自然通」，就是指這個。聽過講解雖然明白意思了，但光是明白，卻未必能體會言外之意，因此往往當場就忘了。

例如，《大學》有這樣一句。

詩云。緡蠻黃鳥止於丘隅。子曰於止知其所止。可以人而不如鳥乎。

19江戶時代的初等教育場所，相當於私塾。

這要讀成「詩ニ云ク、緡蠻タル黃鳥丘隅ニ止マルト。子曰ク止マルニ於イテ其ノ止マル所ヲ知ル、人ヲ以テ鳥ニ如カザル可ケン乎」。學過大學的人誰都記得的有名句子，但如果說請把那特色和意思翻成白話時，除非是漢學家，否則一般人並不容易做到。雖然如此，我們好像還是可以模糊地了解那意思。

「緡蠻黃鳥」的緡蠻這文字，如果不查字典的話，並不明白真正的意思，不過還是不由得自己猜測可能有一隻黃鶯停在山丘的樹枝上以美妙的聲音啼唱著吧。

詩歌和俳句有很多這樣的例子，自己覺得明白意思了，從來也沒有懷疑過，然而叫你說明時卻說不出來。不過，這種模糊的了解方式，其實或許才真對了。為什麼呢？原文的語言如果換成別種語言時，意思好像弄清楚了，但往往，只傳達了一部分意思而已。「緡蠻黃鳥」只是「緡蠻黃鳥」而已，拿其他任何文字和語言來，都無法道盡原文所含有的深度、廣度和韻味。因此，應該不能說「如果明白的話請翻譯成現代的白話文」，想得這麼簡單的人，只有證明他其實不了解。

這樣看來，不解釋只教授素讀的私塾式教法，或許是教學生真正理解力的最適當方法。

這麼說來，相信您已經明白寫得「容易理解」，和寫得「容易記憶」，兩件事其實是一件事。也就是說，為了真正寫得「讓讀者理解」，則有必要寫得「讓讀者記憶」。換句話說，所謂字面的美和音調的美，不但能幫助讀者記憶，其實也能補足讀者的理解。如果不具備這兩個條件的話，意思就無法完全傳達。

事實上為什麼我們能記得以上所引用的《大學》的一節呢？

不用說是因為「緡蠻」這特異的字面和那文章整體的音調，正因為有了這兩個字，才讓我們能長久記憶這個句子，每每回想起來，結果最初是模糊的，其次漸漸清楚起來，終於能心領神會那真正的意思。

正如前面所舉《太平記》的一節也一樣，我現在還能記得那種現代已經不通用的文章，完全因為字面和音調的關係。就這樣，只要記得「一徑淚盡愁未盡」、「瞻望鼎湖之雲」、「夢別慕花間」之類的文句，有朝一日總會明白那意思的。總而言之，文字用得過多，怎麼說都是錯的，語言不足的地方以字面和音調來補足，才能稱得上是傑出的文章。

字面和音調，我把這稱為文章的**感覺性要素**，不具備這個的現代口語文，以文章來說成就是不完備的，現在祝辭和弔辭等還採用和漢混交文的事實，正雄辯地說明了口語文的不適合朗讀。由此可見古典文章其實具備了許多這種感覺性要素，因此我們不得不多多研究古典，學習古典的長處。此外和歌和俳句等，在這個意義上就非常值得參考了。本來所謂韻文就是從字面和音調所產生的，因此這才更應該稱為國文的精粹，在作散文時，也要擷取這種精神是非常重要的。

在現代文中，為了明白感覺性要素扮演了多麼重要的角色，請各位再翻開第二十二頁重新吟味一次志賀直哉的《在城之崎》的文章看看。其中的「此處」、「其処で」、「恰好」、「丁度」、「某一天早晨的事」、「或朝の事」、「一處」、「一つ所」、「如何」、「如何にも」、「了」、「仕舞つた」、「然而」、「然し」等字面，如果分別改成平假名「そこで」、「ちょうど」、「或る朝のこと」、「一つところ」、「いかにも」、「しまつた」、「しかし」的話，這篇文章本身的鏗鏘有聲，印象鮮明

的感覺就會被抹殺掉。作者下筆的這許多癖好，可能是在下意識裡使用的，不過這位作者對字面絕對不是漫不經心的。而是確實知道要寫這樣精練的文章，必須穿插這樣程度的漢字，減少假名的使用，才能有效發揮效果。雖然是瑣碎小事，不過「細長的羽翼立刻往兩邊確實地伸出去嗡地飛了起來」的地方，「確實地」用片假名「シッカリ」，「嗡地」用平假名「ぶーん」也令人心服。這種情況，要讓我寫的話一定也會這樣寫。尤其如果把「ぶーん」寫成「ブーン」的話，就無法感覺到「巨大肥胖的虎斑蜂」一面震動空氣一面飛走的羽音。而且「ぶうん」也不行，一定要「ぶーん」否則看不到筆直飛去的模樣。

其次再來讀讀看這篇文章的結束方式：

那又給人一種已經死掉的感覺。有三天一直保持那個樣子。看著那個時給人一種非常靜的感覺。好寂寞。其他蜜蜂全都進到巢裡之後的黃昏，看見冷冷的屋瓦上留下一隻死骸，好寂寞。然而實在非常靜。

這樣，一字一句彷彿沒什麼似的，然而「那」「那個」「那個」三次重疊起來，「寂寞」的用字重複兩次，又再以「然而實在非常靜」總結，「給人」「寂寞」「靜」，重複終止的句型，使文章整體呈現一種緊張的調子。「給人……的感覺」「非常靜」的句子也重複使用兩次。換句話說，作者為了說明寂寞的心境，只說「寂寞」而已，並沒有囉囉唆唆地浪費多餘的口舌。以這樣的調子重複運用，將那感覺明確地傳達到讀者心中。像這樣的作者是最具寫實傾向的人，這文章雖然一味以達意為主，但也知道為了「達意」必須要有這樣的用心。因此，感覺性要素，絕對不是奢侈或虛飾的工具。即使樸素的實用文，如果閒置不用的話往往會發生美中不足的遺憾。

此外，古典文中另外有一種稱為**書簡文體**。這既不能稱為和文調也不能稱為漢文調，是一種變體文章。也就是所謂的**候文**，這將來勢必也要面臨逐漸被廢除的命運，不過現在還在各政府機關，和懷舊的老人間通信時使用。我認為那種文體大量使用迂迴轉折的說法，在寫作口語文時仍然很值得參考。因為，如果讓現在的年輕人試寫候文的話，幾乎沒有一個人能寫得令人滿意。大家只知道要在文句之間夾入「候」字，卻好像是勉強加上去似的，沒辦法吻合鑲進字裡行間。要問為什麼無法吻合鑲進呢，因為以前的候文，在一個句子和下一個句子之間有相當的**空隙**，前面說的事情和後面說的事情理論上不一定銜接得上，這中間存在著意思的斷裂，在這裡正因為有餘情才更有趣味。但現在的人卻不知道這個，因此用「候」或「恭候」或「並候」等，加上意思的聯繫，想把空隙填滿起來。然而這空隙，其實就是寫作日本文章時重要的要素，是口語文最缺乏的。因此我們即使不寫候文，也有必要學習候文的訣竅。

◎西洋文章和日本文章

不用說我們除了研究古典之外，也要一併研究歐美的語言文章，盡可能擷取其中的長處。不過這時必須考慮到的是，**語言學上系統完全相異的兩國文章之間，永遠擁有無法踰越的圍牆**。雖然如此，有時好不容易特地越過那圍牆把長處帶回來了，卻無法發揮，反而破壞自己國語固有的機能，有這種情況。不過依我看來，明治以來，我們已經盡可能大量吸取西洋文字的長處，如果再多吸收的話也就是所謂踰越圍牆了，對我國文的健全發展反而有害，不，應該說已經造成傷害。因此我想現在**與其吸收他人的長處，不如整理由於吸收過度所產生的混亂**，才是當務之急。

從前，鎌倉時代我們的祖先，學習漢文的語法，創造了所謂和漢混交文的新文體。然而，仔細想想，連這個也絕對不算是擷取古代中國語的結構。例如實際上原文是子曰「於止知其所止。可以人而不如鳥乎。」的十四個字，日文卻讀成「子曰ク止マルニ於イテ其ノ止マル所ヲ知ル、人ヲ以テ鳥ニ如カザル可ケン乎」這樣迂迴的讀法，雖然是漢文式的，然而孔子並沒有像這樣從下面反過來往上讀。當時中國音是縱向直接往下讀的。從前和現在中國語都沒有格助詞，動詞下面直接連接受詞，到現在都沒有改變。此外原文並沒有相當於「緡蠻タル」中「タル」的字。「タル」是「トアル**toaru**」的省略，沒有這個的話日本語就沒辦法讀，也無法了解是什麼意思，因此加上附注讀音的假名所謂「送假名」。這種迂迴的讀法並沒有離開日本語的範圍，只是為了把漢文鑲進日本語的語法中來讀，而想出的多少有點勉強，卻也相當新奇的上下迴轉的讀法，於是最初只用於讀漢文的時候才用的讀法，在作文時也拿來應用，那就是和漢混交文。因此，雖然是在漢文的影響下所發明的這種讀法是事實，但這種讀法並不是漢文的語法。像這樣，連和我國最近的中國語言，雖然歷經千年以上的接觸都很難同化，何況關係淺薄的西洋語言，應該沒那麼容易吸取。

本來，我們國語的缺點之一，在語言數少這一點。例如陀螺和水車的旋轉，和地球繞太陽的周圍旋轉，我們都使用相等的「旋轉」或「迴轉」。不過前者是物體本身的「轉」，後者是一物在他物的周圍「轉」，兩者顯然不同，但日本語卻沒有這種區別。

然而，英語不用說，中國語也有許多區別。試著尋找一下中國語中相當於日本語的「旋轉」和「迴轉」的用語，就有：轉、旋、繞、環、巡、周、運、回、循等，實在很多，意思分別各有一些不同。陀螺和水車的「轉」，可以用旋和轉兩個字，繞則指離開物體的周圍從外面纏繞，環指像圓環那樣圍繞，巡有巡迴視察的意思，周指繞一圈的意思，運指移動變化的動作，回指漩渦般流動，循指跟隨一個物體行走，區分得非常細密。

此外要表達櫻花開的感覺，日本語只能想到「華麗」的形容詞，但如果可以使用漢語的話，則有爛漫、燦爛、燦然、撩亂等，還有無數的形容方式。那麼我們在像「旋轉する」、「運行する」等漢語下面加「する」，製造出許多動詞，又像「爛漫な」、「爛漫たる」、「爛漫として」等加上「な」或「たる」或「として」造出無數的形容詞和副詞，以彌補國語詞彙的貧乏，這一點我們虧欠漢語的地方實在很多。

然而今天，不管漢語的詞彙多麼豐富，也已經不夠用了。因此我們又把像「taxi」「tire」「gasoline」「cylinder（汽缸）」「meter（計量器）」等英語轉變成日本語，或開始使用如「形容詞」、「副詞」、「語彙」、「科學」、「文明」等漢字所翻譯出來的西洋語言。因為實際上如果不這樣做的話真的不夠用，這樣一點也不妨礙。就像我們的祖先過去擷取漢語進來一樣，我們也從歐美語言擷取新語進來以豐富我們的國語，這確實是一件好事。

不過，所有的事情並不是只有好處。除了漢語之外，又加上西洋語、翻譯語，國語詞彙突然豐富起來了，但正如我已經說過幾次的那樣，我們因此而過分依賴語言的力量，變得過分饒舌，而漸漸忘記沉默的效果了。

所謂國語是和國民性的關係密不可分的，日本語的語彙貧乏，並不一定意味我們的文化比西洋或中國差。相反的，**這證明我們的國民性是不饒舌的**。我們雖然擅長戰爭，但每次遇到外交談判時，卻因為木訥寡言而吃虧。在國際聯盟的會議上，日本外交官往往說不過中國外交官。我們的正當理由明明有十二分，但各國代表卻被中國人的辯才所迷惑，而同情他們。**自古以來中國和西洋就有以雄辯聞名的偉人，日本歷史上卻看不到**。相反的，**我們自古以來就有輕視善辯者的風氣**。實際上，第一流的人物以沉默寡言的人為多，善辯者，則二流和三流以下者為多。因此我們，不像中國人和西洋人那樣依賴語言能力。不信任辯舌的效果。這原因何在呢？第一因為我們是正直的吧。換句話說，我們只要對方看到我們實行的樣子，明白的人自然會明白，只要仰不愧於天地神明的話，也不必一一費口舌去解釋，或為自己誇大吹牛，有這種心態。孔子也說過「巧言令色鮮矣仁」，會說話雖然不一定是謊言，不過在西洋不知道怎麼樣，在東洋話多的人，往往有把事情修飾得言過其實的毛病，有不被相信的傾向，因此把君子慎其言當成一種美德，尤其日本人在這一點上潔癖很強。

在我們之間，有中國都沒有的所謂「腹藝」的語言，甚至把沉默帶到藝術上來。也有所謂「以心傳心」和「肝膽相照」的語言，心只要有誠意，即使沉默相對也自然能和對方的心意相通，與其耗費千言萬語，不如這種暗默的諒解更可貴，擁有這種信念。

再試著深入思考時，我們會擁有這種風氣和信念，由來是從東洋人特有的內向性質，以整體來說，我們總是保守估計事情，擁有十分實力的話自己總想成七分或八分，也讓別人這樣想，這才符合謙讓的美德。西洋人則相反，如果有十分的東西，就毫不客氣也不用顧慮地說有十。他們雖然不是不懂得謙讓的美德，不過東洋人式的謙讓，在他們看來等於是膽怯、是因循，有時甚至可能是不老實。這種事情有一長就有一短，無論如何西洋人是進取的，東洋人是退縮的，從這方面看來，我們該向他們學習的地方還很多，暫且不論優劣，**正如上述那樣，試想日本人的國民性時，可以知道日本語會往不適合饒舌的方向發展，也不是偶然的**。

另外想提的一件事情是，或許因為我們是島國人的關係吧，比起西洋人或中國人，我們比較不執著。說得好聽是乾脆，容易放棄；說得不好聽，是性急、沒有執著力，因此不喜歡一件事情一直說個不停。說了也沒有用，反正心想不可能明白更多，想到只能順其自然時，就在大概大概的地方看破了，放棄了。這種性質果真沒錯還是影響到國語了。

語言的長處和短處，是如此深刻地根植於該國的國民性上，**不改國民性，而只想要改良國語是辦不到的**。因此我們擷取漢語和西洋語的語彙以補強日語的不足是一件好事，不過請不要忘記這也有適當程度，該適可而止。因為日語結構的成立方式，是以很少的語言傳達很多意思，而不是以累積許多文字來傳達意思的。

現在試舉一個例子說明，請各位先讀讀看以下的英文。

——His troubled and then suddenly distorted and fulgurous, yet weak and even unbalanced face——a face of a sudden, instead of angry, ferocious, demoniac——confused and all but meaningless in its registration of a balanced combat between fear and a hurried and restless and yet self-repressed desire to do——to do——to do——yet temporarily unbreakable here and here——a static between a powerful compulsion to do and yet not to do.

這是美國現代作家西奧多・德萊塞（Theodore Dreiser, 1871-1945）的長篇小說《美國悲劇》的一節。這本小說往年曾經由著名導演史坦巴格拍成電影在日本上映，或許各位中有人看過。因而這裡所描述的，是該篇小說中的主角叫做克萊德的人物，在決定不下要不要殺人的，那一瞬間臉上的表情，這冗長的句子，全都是附隨在「臉」這主語的形容詞，是更長句子的一部分，真是精密得令人驚訝。現在我試著將這原文，盡量忠實地，逐字翻譯看看，成為以下這樣。

他的困惑的，然後突然扭曲、閃亮、又軟弱，甚至失去平衡的臉——一張突然改變的臉，不再是充滿憤怒的、猛烈的、惡魔似的——而是心慌意亂又強自壓抑——然而此刻卻難以克服——去做——去做——去做的慾望和恐懼之間，顯然難以決定正在相剋幾乎變成面無表情，而且混亂的臉，介於去做和別做之間強烈衝動所逼之下的靜止狀態。

我並不是故意翻譯得令人難懂。雖然說過要逐字翻譯，不過為了讓人容易理解有些地方改變順序、有些地方補充原文所沒有的用語，有些地方多少把原來扭曲一下或省略一些。我想以日語來說，已經是盡量程度的直譯了，如果要更跟著原文走的話就會變成不是日語了。然而各位請檢查一下這句子裡到底累積了多少語彙。

首先從「困惑」、「扭曲」、「閃亮」、「軟弱」、「失去平衡」、「突然改變」、「充滿憤怒」、「猛烈的」、「惡魔似的」、「幾乎變成無表情的」、「混亂的」等十一個形容詞，用來描述臉──“face”這一個名詞。然後，為了說明「變成面無表情」的地方則用了「難以決定正在相剋」的用語，又為了說明「慾望」這用語，而附加了「心慌」、「意亂」、「強自壓抑」、「難以克服」四個形容詞。為了連接這些形容詞而用了四個“yet”──「然而」，九個“and”──「而且」。我的譯文因為覺得九個未免太囉唆了於是減成三個，以日語來說其實這三個最好都不要。──此外還有限制這形容詞的像“suddenly”“temporarily”的副詞，此外原文中“fear”的後面還括弧附加（a chemic revulsion against death or murderous brutality that would bring death）的句子。

評論家小林秀雄在他的著作《續文藝評論》中引用這段英文，並且說「這是德萊塞所描寫的克萊德臉上的表情。看過許多精細心理分析樣品的我們，對這文章並不覺得特別傑出。而且就算他能更精細地對克萊德的臉做心理分析給我們看，讀者也絕對無法想起克萊德的真正的臉。」

能或不能就交給各位去決定，不過西洋人光是一張臉就非要這樣精密地描寫否則不罷休。然而，原文中，羅列的許多形容詞順序爬進讀者頭腦中，某種程度呈現出作者企圖達成的情景。這是因為英文的結構是成立於適合羅列許多形容詞的，而且在這種情況下，說“yet self-repressed desire to do——to do——to do——yet temporarily unbreakable here and here——”說“a powerful compulsion to do and yet not to do.”這種節奏對提高效果有很大的幫助，因此這地方可以窺見原作者的苦心。但以譯文來說，光是辛苦追逐原文的語句，一連串的形容還是無法進到腦子裡來。讀者只能感覺到凌亂的語言的堆積而已，卻弄不清楚臉是什麼樣的表情。從第一「慌張」到「難以克服」為止的形容詞，附加在「慾望」之上，只有那前後的形容詞是附加在「臉」上的，然而在日本文章的結構上，卻沒有這種區別。於是，稍微偏離原文，試著把語言順序換成像日本文章似的，成為以下的樣子。

他剛開始露出困惑的臉色，然而突然開始扭曲、帶有奇怪的光輝、軟弱、不安的臉——忽然改變的一張臉，不再充滿憤怒、兇猛、惡魔般的——而是慌張的、心慌意亂、卻一直強自壓抑著慾望——正在唆使他去做——去做——去做，在這樣的情況下，難以克服的慾望和恐懼顯然相剋成幾乎面無表情的，混亂的臉——去做、不，別做，這兩種意志可怕相逼所形成的靜止狀態。

這樣的話，就知道哪個形容詞是附在哪個名詞上的。可是好不容易能夠明白意思了，卻絕對不會順暢地進入腦子裡，況且也沒想到符合這些形容詞所描述的表情複雜的臉會浮上腦海。我們的國語結構，語言重疊時並不能產生重疊的效果，意思反而變得更不清楚，從這個例子就顯而易見了。

再舉一個例子，這次以日文為原文，對照英文的翻譯看看。以下所舉是《源氏物語・須磨卷》[20]的一節，和英國人亞瑟・偉雷（Arthur Waley）的英譯。

20須磨，《源氏物語》的卷名。描寫流放於須磨的源氏生活。須磨位於神戶西南的海濱，以白沙青松聞名，隔明石海峽與淡路島相對。也是源平戰爭的古戰場。

那須磨的地方，從前還有一些住家，現在卻已人煙稀少，變得非常荒涼，聽說連打魚人家都很罕見，不過人多吵雜的住處也很無趣，並不符合本意。只是遠離都城，只怕惦念故鄉心亂不安。想到未來，難免瞻前顧後，盡是悲傷的事。

かの須磨は、昔こそ人のすみかなどもありけれ、今はいと里ばなれ、心すごくて、海人の家だに稀になむと聞き給へど、人しげく、ひたたけたらむ住ひは、いと本意なかるべし。さりとて都を遠ざからむも、古里覚束なかるべきを、人わろくぞ思し乱るる。よろづの事、きし方行末思ひつづけ給ふに、悲しき事いとさまざまなり。

There was Suma. It might not be such a bad place to choose. There had indeed once some houses there; but it was now a long way to the nearest village and the coast wore a very deserted aspect. Apart from a few fishermen's huts there was not anywhere a sign of life. This did not matter, for a thickly populated, noisy place was not at all what he wanted; but even Suma was a terribly long way from the Capital, and the prospect of being separated from all those society he liked best was not at all inviting. His life hitherto had been one long series of disasters. As for the future, it did not bear thinking of!

有一個地方叫做須磨。或許住起來會是個不錯的地方。過去確實也有過幾戶人家，但現在最近的村子都相隔很遠，海岸的風景顯得很荒涼。除了幾戶漁夫的小屋之外，到處人煙絕跡。那倒也不妨，因為人口稠密熱鬧的地方絕對不是他所要的地方；不過這須磨離都城十分遙遠，而且遠離他所喜愛的社交界的人也不是他所樂意的。他以往的生涯充滿一連串的不幸。對於未來，更不堪想像！

偉雷的《源氏物語》英譯，評價頗高被譽為是最近的名翻譯，連日本人讀來都覺得相當難理解的古典名著翻譯成流暢的英文，而且某種程度能夠生動地貫徹原作的精神和節奏，真值得大大的感謝。在這裡所引用的一節，以英語來看應該也是傑出的文章。我也無意批評這文章，只想以實例顯示，寫同樣事情用英語寫時語言數會增加許多。正如您所見到的，原文四行的文章，英文變成八行（該英語直譯成日語則會變成九行）。而且因為英文中增加補充了許多原文所沒有的用語。例如「或許住起來會是個不錯的地方」"**It might not be such a bad place to choose.**"的句子就是原文所沒有的。只說「現在卻已人煙稀少，變得非常荒涼，聽說連打魚人家都很稀少，不過人多吵雜的住處也很無趣，並不符合本意。」而已。但英文卻把原文的句子延伸加長，從「現在最近的村子都相隔很遠，海岸的風景顯得很荒涼。除了幾戶漁夫的小屋之外，到處人煙絕跡。」到「絕對不是他所要的地方」花費了三四行。另一方面「惦念故鄉心亂不安」的地方，卻單方面的改成「遠離他所喜愛的社交界的人」而「想到未來難免瞻前顧後，盡是悲傷的事。」則改成「他以往的生涯充滿一連串的不幸。對於未來，更不堪想像！」換句話說，英語比原文精密，沒有意思不清楚的地方。原文方面，有些不說也懂的地方就盡量不說出來，英文則要把明明知道的事情也要弄得更清楚讓對方知道。

其實原文，也未必不清楚。雖然比起「惦念故鄉心亂不安」不如說「遠離他所喜愛的社交界的人也不是他所樂意的」比較清楚，不過遠離都城而去的源氏的悲哀，並不只是離開這些人而已。其中還可以感覺到各種害怕、寂寞、無奈的情緒。於是把這些複雜的情緒用「惦念故鄉心亂不安」一語籠統包含進去，如果像英文那樣全說出來的話，雖然清楚，但意思也因此而受限，變淺了。這麼說來，那百感交集的心情要仔細分析全部說明無餘的話，就會像德萊塞的文章翻譯那樣，不但反而變得不容易懂，而且可能任何語言的累積，都永遠不可能達到完全表達的地步。整體上，這種情況的悲哀，如果分析起來是沒有止境的，往往連自己都無法清楚掌握那輪廓。因此我們的國文學者都不去做這樣徒勞的努力，特地使用大概的，包含各種意思的有餘裕的語言，其他就用感覺性要素，也就是調子和字面和節奏來彌補。

前面提過，古典文章中一字一句都像月暈那樣有陰影有裡面，就是指這個，換句話說，用很少的語言暗示以引出讀者的想像力，不夠的地方讓讀者自己去補足。作者的筆，只要誘出讀者的想像就好。這才是古典文的精神。西洋的寫法，盡量把意思限定在狹小細微的地方描寫，不容許有些許的陰影，沒有留餘地給讀者去想像。依我們看來，「他所喜愛的社交界」已經極端清楚太沒有餘韻了，對他們來說，卻不知道「惦念故鄉心亂不安」是怎麼一回事，必須明白說明為什麼是這樣的理由，否則無法體會。

西洋語言和中國語一樣動詞都在前面，其次才接受詞。也有時式的規則，可以把時間劃分得很細，前面的動作和後面的動作清楚分開。此外，還有所謂關係代名詞這重要的品詞，不會產生混淆，一個句子可以無限銜接其他幾個句子。此外，單數複數、性別的差別等，文法上有各種規定。正因為有這樣的結構，所以才能累積使用許多語彙而意思仍然能通，但結構完全不同的日語文章中要納入像他們說話那樣的行文方式的話，就像用盛酒的器具盛飯一樣。然而現代人卻不太深入留意這些事實，只養成一味氾濫使用語言的癖好。他們所寫的文章，接近那一種呢？與其說古典文不如說翻譯文。越是小說家、評論家、新聞記者等，以文筆為業的人的文章，這種傾向越強。

西洋人，就像看了如上所舉的英文也明白那樣，不惜列出「整體說來」"all" 或「最」"most" 之類的用語，現代的日本人不知不覺間也開始學習起來，在沒有必要的地方也用最高級的形容詞。就這樣，我們日漸喪失了我們的祖先所引以為榮的深度和謹慎。

不過在這裡感到困難的是，從西洋輸入的有關科學、哲學、法律等學問的記述。這必須對各種事物從各種性質上，一一細密、正確地清楚書寫才行。然而遺憾的是以日本語的文章，無論如何都無法巧妙進行。過去我曾經試著把德國的哲學書翻譯成日本語來讀，但往往問題進入稍微複雜的地方時，經常就會變得難以理解。而且那不明白的原因，顯然與其說因為哲理的深奧，不如說因為日語結構的不完備，因此不止一兩次中途就把書丟開了。

確實，東洋自古以來並不是沒有書寫學問和技術等事情的著述，不過因為我們以「語言所難以說明」的境地為貴，不喜歡太露骨地書寫。這原因之一也可能由於我們不依賴語言力量的習性。在徒弟教育時代，弟子可以直接接受師父口傳，也可以受到師父人格薰陶而漸漸自然體會，因此並沒有妨礙。如果這樣想的話，日文不適合用來做科學上的著述也是理所當然的，這缺點不能不想辦法補救。今天，日本科學家是如何克服那不方便的呢？無論讀寫，大概都用原語來補足的樣子。他們在上課的時候，也在日語之間夾雜非常多的原語。論文發表時，用日文寫，但同時也用外國文發表，而以外國文為標準。日文方面，擁有專門知識和外國語素養的人雖然懂，但外行人讀了卻不懂。我常常在《中央公論》和《改造》等一流雜誌上，看到登出經濟學者的論文等，每次都很懷疑，到底有多少讀者讀到那樣的文章而能理解的呢？當然，他們的文章是以擁有外國語素養的讀者為對象的前提下所寫的，體裁雖然是日文，其實是外文的變體化身。正因為是化身，因此難懂的程度甚至超過外國語文，那才真該叫做惡文的標本。

實際上，翻譯文這東西是沒有外國語素養的人所必要的，但日本的翻譯文，如果沒有一點外國語素養的人卻很難理解。不過很多人都沒有發現這個事實，以為化身怪物式的文章也足夠堂堂派上用場，想起來也真滑稽。

然而要如何彌補這缺陷呢？這問題的原因是從我們對事物的思考方式、長久以來培養的習慣、傳統、氣質等來的，並不只是文章的問題。只是，眼前能夠想到的是，不適合以自己國家的國語發表的學問，終究是借來的學問，不能稱為真正自己國家的東西。那麼，早晚我們應該創造適合於自己的國民性和歷史的文化樣式。我們到今天為止，把西方的所有思想、技術、學問等一律通盤吸收、消化。就這樣一方面在種種不利條件下，某些部門還超越先進國家，開始指導起他們來。時代已經到達我們站在文化前頭發揮獨創力的機運了。因此今後不要再隨便模仿他們，應該把從他們學到的東西，設法和東洋傳統精神融合，開拓新的道路才行。但，那是屬於本讀本範圍之外的事情，因此在這裡不再深入探討。

本讀本中所討論的，不是專門的學術性文章，而是日常所見到的，一般性、實用性的文章。不過今天由於受到科學教育萬能的餘弊波及，連這種一般實用性文章，都使用專門術語模仿起學術性的迂迴說法，在記述上作不必要的精密度炫耀，偏離了實用的目的。我們最需要趕快改掉這種惡劣的怪癖。我認為不僅是實用性文章，就連學術性文章的某些東西，例如像法律書和哲學書等，某些方面寫得越緻密越容易產生疑義，因此我想除非耽溺於論理性的遊戲，否則不如借用古老東洋諸子百家和佛家語錄的形式等，對我們來說反而容易理解，讀過後也才真正能夠深入學到東西。總之，對於語彙貧乏結構不完全的日語，一方面要知道我們擁有足以彌補那缺陷的足夠長處，必須充分活用這長處才行。

二、文章精進法

◎不要被文法囚禁

關於文章的精進法，我想前面寫過的很多點應該已經明白了，在這裡就不再多說。

那麼，接下來我盡量簡單說，提醒您注意就好。

第一件想說的是：

文法上正確的，不一定就是名文，因此，不要被文法囚禁。

整體上，日語中並沒有西洋語那樣困難的文法。雖然有語助詞的用法，數目的算法，動詞、助動詞的活用，假名的注音用法之類，各種日本語所特有的規則，不過只要不是專門的國學者，可能沒有一個人寫的是文法上完全沒有錯的文章。此外，就算錯了，實際上也沒有妨礙地通用無阻。我常常覺得很奇怪，在電車上，車掌走過來問「有誰票沒有剪嗎？」一邊說著一邊巡視。這車掌的話，以文法來解析的話，也相當奇怪。不過這樣也通用，如果要以文法沒有錯的話來說，該怎麼說呢？大概會變得很冗長而不容易聽清楚吧。

這種例子不勝枚舉，**日語並不是沒有時式的規則，但誰也沒有在正確地使用**，如果要一一去計較的話就會不夠用。說「したshita」表示過去，說「するsuru」表示現在，說「しようshiyou」表示未來，依當時的情形可以做各種活用。要敘述一個連續的動作，也可以同時使用或前後使用「したshita」、「するsuru」、「しようshiyou」，幾乎等於完全沒有規則。雖然如此實際上並沒有任何不方便，是現在的事情還是過去的事情，自己當場就可以分別判斷出來。

日本語的句子不一定需要主格。說「好熱啊。」、「好冷啊。」、「還好嗎？」的時候，沒有誰會一一去聲明是「今天的天氣」或「您」。光是「好熱。」、「好冷。」、「好寂寞。」都可以自成一個完整的句子。換句話說日語中並沒有英文法中所謂句子的結構這東西。不管任何句子，光是一個單語，也都隨時隨地可以獨立成為一個句子，因此我們並不需要特地去思考句子的問題。那麼，這樣說或許有點極端，不過所謂日本語的文法，除了動詞助動詞的活用，假名的用法，係助詞的活用法等規則之外，大部分是模仿西洋文法，有些就算學了實際上也沒有用，有些不用學也能自然知道。

不過，就像這樣**因為日語沒有明確的文法，因此學習起來非常困難**。一般的情況，對外國人來說，據說沒有比日本語更難的國語。此外在歐洲的國語中，據說英語最難學，德語最容易學。為什麼呢？因為德語規則真的分得很細，所以剛開始只要記住這些規則的話，後來就可以依照情況一一鑲嵌上去就行了。然而英語，因為規則沒有德語那麼細，而且也有不能照規則鑲嵌的例外情況。例如文字的讀法，德語都有井然有序的規則，因此只要照著讀不認識的字光讀也能讀得出來。英語的話，光是a一個字都有各種發音。何況日語，光是讀法在日本人之間都各有不同，其他各種場合的規則，要說有好像有，但如果叫你說明得讓外國人也能聽懂的時候，卻有很多說不出來的地方。西洋人感覺最困難的，據說是表現主格てにをは的「はwa」和「がga」的區別。有道理，說「花謝了」時「花は散るhanawachiru」和「花が散るhanagachiru」有什麼不同？用法明顯不同，要是我們的話當場毫不猶豫地會用，但是要我們把那套上一般可以套用的規則，抽象地去說明卻說不出來。文法學者雖然勉強給那說出一些道理，總算表面上應付過去了，但那說明實際上並沒有用。

「是」「でございますdegozaimasu」「でありますdearimasu」「ですdesu」等不同程度敬語表現的區別，也相當微妙，實在沒辦法以理論完全釐清。因為是這樣的情況，所以要學日語，除了住在日本在重複聽過無數次之間自然體會之外，沒有其他辦法，這樣說倒也是事實。

不過，現在到任何中學去，都有日語文法的科目，各位想必也學過了。這有什麼必要教呢？我們同胞不同於外國人，從出生落地開始就親近國語了，因此開口說話並沒有感覺什麼困難，然而一旦要把那用文字表現出來，寫成文章時，卻和外國人一樣，苦於沒有可以依據的規則。

尤其現在的學生就算是小學的幼童也都被以科學方式教育，對於像從前在寺子屋

（私塾）那樣用非科學性的教法，不談道理只讓學生背誦和朗讀的教法，大家已經不能信服。因此一開始就讓學生腦子裡習慣演繹和歸納，所以如果不用那種方式教的話，就無法記住。不只學生這樣，連老師，也沒辦法像從前那樣採取悠長的教法，因此只好設定一些可以當基準的法則，定下程序來教比較方便。

然而，今天學校所教的所謂國文法，其實就是為了雙方的方便，把非科學的日語結構盡可能偽裝成科學的，西洋流的，勉強作出「非這樣不可」的法則，我想不妨可以這樣說。例如教學生說沒有主格的句子是錯誤的，因為這樣規定比較容易教、也容易記，實際上大家並沒有遵守那規則。

此外，今天的人寫文章時雖然頻繁使用「他」、「我」、「他們」、「她們」等人稱代名詞，但那用法並沒有像西方語文那樣必然。西方語文在該用的時候一定要用，不可以任意省略，但是日本文章中，同一個人所寫的文章中，都有時而使用時而省略的情況，好像並不合理。其實會這樣，是因為結構上本來就不需要這種東西，就算在一時的心情下想要用看看，也不會持久。例如：

服部聞到自己身上的臭味時，首先就感覺到自己正處於和馬或豬沒有什麼差別的狀態。帶有這種臭味的自己，並不是一個高尚的人類，心情更像和老虎和熊一起被關在動物園裡的同類那樣。不過在他還在乎那臭味之間或許還是個人類吧，隨著貧窮使他墮落之後，他努力試著逐漸忘記這件事，決定盡力修行成野獸的夥伴。最近一個月已經頂多只去一次或兩次澡堂而已了。而且，因為不衛生的結果不知道從什麼時候開始把心臟也搞壞了，實在沒辦法常常去泡澡。變成這副德行，他畢竟還是怕死吧，在澡堂裡感覺頭暈目眩，心悸，脈搏跳得出奇激烈，狼狽得快發狂時，會突然想大叫「救命啊！」不管是誰就揪住不放。這種心情，與其死掉，或許不如做個野獸活著更好！所以服部為了逃出對死的害怕，不得不忍受這不潔。於是現在，他對周圍所有東西上所附著的惡臭，甚至完全沒有感覺。不僅如此，就像貪婪的情況那樣，把沉溺在那不潔底下當成一種祕密的快樂。（中略）於是，他現在，一面拿著從南方得來的雪茄，一面不可思議地望著手上，可能心情和那相當類似。終於把雪茄換到左手上拿時，由於污垢和油脂弄得黏呼呼的右手食指和拇指，像有什麼有趣事情似的滑溜溜地摩擦著，過一會兒，又把那兩根手指拿到鼻尖前攤開，定睛注視著那因脂汗的關係指紋正閃閃發光的指腹——以依然睡眼惺忪的眼神。然後，從閃閃發光的指紋，好像忽然想起一件事情似的抬頭看看南邊。

這篇文章，是我十幾年前寫的小說《鮫人》的一節，為了顯示代名詞的使用法是多麼隨意，而在這裡引用。當時的我，就像現在很多年輕人一樣，以努力寫有西洋味的國文為理想。因此在這文章中，也用了許多「他」、「使他」、「他的」等代名詞，正如您所見到的那樣，用法並沒有必然性。「在他還在乎那臭味之間或許還是個人類吧，隨著貧窮使他墮落之後，他努力試著漸漸忘記這個」這一帶「他」這用語頻繁出現，但從「終於把雪茄換到左手上拿時」開始以下，到「抬頭看看南邊」為止，卻一個「他」也沒有用。這如果是英文的話，從「終於」開始以下當然應該會用到兩三個第三人稱代名詞，但日文，不管多想模仿英文，文章的體裁都不容許太頻繁使用。即使剛開始打算正確地用，但不知不覺之間，還是又被日文固有的性質拉回來，無法繼續模仿下去。

其次請各位試讀一下以下古典文，對照比較看看。

《雨月物語》

過了逢坂[21]的關口之後，秋來滿山紅葉不容忽視，濱千鳥足跡印於鳴海潟[22]，富士高嶺之煙，浮島之原，清見之關[23]，大磯小磯[24]之海浦風光，紫草艷麗之武藏野草原[25]，鹽竈之和平晨光[26]，象潟漁夫之茅舍[27]，佐野之舟橋[28]，木曾之棧橋[29]，無一處不留於心中，猶想見西國之歌枕。仁安三年之秋，途經蘆花飄零之難波，須磨明石海濱寒風濡濕周身，一路來到讚岐之真尾坂之林[30]，且植杖[31]留於此地。非慰枕草露宿遙遠旅途之勞，乃方便觀念修行之庵。鄰近此鄉有謂白峰[32]之地，據聞正是新院之墓陵所在，自當參拜為是，十月初日登其山。松柏深奧茂密，青天白雲飄飛之日，亦若靜飄細雨，謂兒嶽之險嶽聳立於背，自千仞谷底雲湧霧騰，咫尺之間氣氛抑鬱，林木稀疏之間，土墩之上，三石堆疊，埋於荊棘薜蘿之間，觸目傷悲，忖度「此處應即墓所」，心中不禁黯然騷動，難分是夢是真。過往親眼拜見時，君於紫宸殿[33]、清涼殿[34]之御座親臨朝政，百官惶恐奉詔臣服於賢君。禪位於近衛院[35]後，禁於藐姑射山[36]之瓊林[37]，不料僅見麋鹿來往之路，不見前來謁見之人，竟駕崩於深山荊棘之中，「縱使萬乘之君，恐宿世業障亦緊緊跟隨，罪終難逃

矣」，感世事之虛幻無常，不覺淚如泉湧。欲終夜供養，遂落座於墓前之平坦石

21逢坂，位於京都與近江（滋賀縣）交界處，是從京都往東國的第一個關所。
22鳴海潟，以千鳥聞名的愛知縣歌枕。
23富士，富士山、浮島之原、清見之關位於靜岡縣。
24大磯、小磯，古稱相模現在神奈川縣的歌枕。
25武藏野，關東平原的西半部，相當於東京荒川和多摩川之間的區域。
26鹽竈，陸奧（宮城縣）的歌枕。
27象潟，出羽（秋田縣）的歌枕。
28佐野，上野下野（群馬縣）及信濃（長野縣）的歌枕。
29木曾之棧橋，木曾川上游長野縣西南部盛產良質木材。
30讚岐之真尾坂，香川縣坂出市王越町，至今仍有西行庵遺跡。
31植杖，《論語．微子篇》子路問曰：「子見夫子乎？」丈人曰：「四體不勤，五穀不分。孰為夫子？」植其杖而芸。
32白峰，位於坂出市松山町。有第七十五代崇德天皇即新院的白峰陵。
33紫宸殿，平安京內之正殿，現京都御所。
34清涼殿，平安京內天皇居所。
35近衛院，崇德院之弟，即第七十六代天皇。
36藐姑射山，上皇的御所（由《莊子．逍遙遊篇》的故事而來，指不老不死之仙人所住之山）。
37瓊林，宋代朝廷賜進士宴的場所。

上，徐徐誦經文，復恭吟和歌。

あふ坂の關守にゆるされてより、秋こし山の黄葉見過しがたく、浜千鳥の跡ふみつくる鳴海がた、不尽の高嶺の煙、浮島がはら、清見が関、大磯こいその浦々、むらさき艶ふ武蔵野の原、塩竈の和ぎたる朝げしき、象潟の蜑がとまや、佐野の舟梁、木曽の桟橋、心のとどまらぬかたぞなきに、猶西の国の歌枕見まほしとて、仁安三年の秋は、葦が散る難波を経て、須磨明石の浦吹く風を身にしめつも、行く行く讃岐の真尾坂の林といふにしばらく杖をとどむ。草枕はるけき旅路の労にもあらで、観念修行の便せし庵なりけり。この里ちかき白峰といふ所にこそ、新院の陵ありと聞いて、拝みたてまつらばやと、十月はじめつかたかの山に登る。松柏は奥ふかく茂りあひて、青雲のたなびく日すら小雨そぼ降るが如し。児ヶ嶽とうふ嶮しき嶽背に聳だちて、千じんの谷底より雲霧おひのぼれば、咫尺をも鬱悒きここちせらる。木立わづかにすきたる所に、土墩く積たるが上に、石を三つかさねて畳みなしたるが、荊棘葛蘿にうづもれて、うらがなしきを、これなん御墓にやと心もかきくらまされて、さらに夢現(ゆめうつつ)をわきがたし、現(げ)にまのあたり見奉りしは紫宸清涼の御座(みくら)に朝政(あさまつりごと)きこしめさせ給ふを、百(もも)の官人(つかさ)は、かく賢(さかし)き君ぞとて、詔恐(みことかしこ)みてつかへまつりし。近衛院に禅(ゆづ)りましても、藐姑射(はこや)山の瓊(たま)の林に禁(し)めさせ給ふを、思ひきや麋鹿(びろく)のかよふ路のみ見えて、詣でつかふる人もなき深山の荊(おどろ)の下に神がくれたまはんとは。万乗の君にてわたらせ給ふさへ、宿世(すぐせ)の業(ごふ)といふものの、おそろしくもそひたてまつりて、罪をのがれさせ給はざりしよと、世のはかなさに思ひつづけて、涙わき出づるが如し。終夜(よもすがら)供養したてまつらばやと、御墓の上に座をしめて、経文徐かに誦しつつも、かつ歌よみてたてまつる。

這是德川時代的國文學者，上田秋成[38]的短篇小說集《雨月物語》[39]收在開卷第一

38上田秋成（1734~1809），江戶後期學者，歌人。大阪人，師事加藤宇万伎。著作有《雨月物語》、《春雨物語》、《膽大小心錄》等。

39《雨月物語》，一七六八年上田秋成作。由日本及中國的古典轉化而成的怪異小說。

篇〈白峰〉的開頭，故事主角是西行法師[40]，在這裡所提出的十個句子中，有五句是以西行為主格的，然而卻完全沒有發現「西行」或「他」等，可以視為主格的言詞。而且，因為有「仁安三年之秋」和「禪位於近衛院」云云，因此熟悉歷史的人可以推測出時代來，知道「新院」這用語指的是哪一位天皇，不過記載過去的事情，用了「植杖」、「登其山」、「氣氛抑鬱」、「復吟和歌」等，以為是以現在式文章一以貫之，不料緊接在「植杖」之後，「乃方便觀念修行之庵」卻插進「なりけり」「乃」的過去式寫法。這和英文法中歷史上的現在 "Historical Present" 的用法也不同，結果是，無視於「時間」關係。我把秋成的這篇文章視為古典名文之一，為什麼這是名文呢，容我往後再說明，現在就不多提了。只希望各位切記，像這種既不知道時間關係，也不知道主角存在似的文章，才是利用我們國語特長的模範日本文。

話雖這麼說，我並沒有完全否定文法的必要性。**對初學者來說，如果認為把日文先以西洋文法組合起來比較容易記憶的話，為了一時的方便也無妨。不過，像那樣，總算勉強能寫文章之後，接下來就不要太考慮文法了，要努力省略為了文法而加上去的煩瑣語言，還原日文所特有的簡潔樸素形式，**這種用心也是寫出名文的祕訣之一。

◎研磨感覺

文章要精進，不得不知道什麼是名文，什麼是惡文。不過，文章的好壞是「難以言傳的」，就像剛剛說過的那樣是超越理論的東西，因此除了憑讀者自己的感覺去了解之外，別人是無法教的。如果一定要我回答什麼是名文的話，我首先會說：

「能帶給人深刻印象並長久留在記憶中的文章。」

「重複讀幾次越讀越有味道的文章。」

這答案其實並不算答案。雖說「給人深刻印象」、「有味道」，但如果沒有感受那印象和味道感覺的人，就完全不明白那名文的真正價值在哪裡了。

雖說回復到簡單樸素的日文形式，但一味省略用語也不好。雖說不要被文法囚禁，但故意採取不規則的說法，忽視格和時式並不一定是好事。依不同時候，不同題

40西行法師（1118~1190），平安末年至鎌倉初期的歌僧。俗名佐藤義清。曾仕鳥羽上皇為北面武士。二十三歲出家，以高野山為據點，周遊各地。著《山家集》，《新古今集》中有九十四首是最多歌數作者。

材，有必要作精密的表現時，也不得不使用西式語言。事先就一律斷定「這樣不可以」「那樣不行」，是很危險的。

換句話說，因為並沒有一定的標準可以說「名文就是具備如此這般條件的文章」，所以有文法上正確的名文、超越文法規範的名文、簡樸的名文、富麗的名文、流暢的名文、詰屈聱牙的名文等，真是各種各樣的名文，擁有這樣國語的我們，也可以編織出最獨創性的文體來，同時，弄不好也有落入支離破碎惡文地步的危險。而且名文和惡文之差只隔一張紙之薄。像西鶴和近松那樣，如果由沒有獨創性的人來模仿他們的文章癖性的話，很多情況下只能寫出成為笑柄的惡文而已。

像這樣的文章：

未來世事難料，心想無時不變反為常態，去年歲暮已過，初春霞光之晨頗為悠閒，四鄰樹梢新芽蠢動，普天溫和滿心欣然，打定主意暫且離開此處，一窺世態亦可修身是也，立刻走出如此難捨之窩中，並無預先想去之地，且隨心所欲信步而行，正值花開時節，背負酒樽青氈來到竹林席地而坐，男女老少爭先恐後聚集，櫻花樹下設座遊樂，此景豈可只觀而已，不想花事也覺羞愧，於是吟詩抒發心思，復唱歌吐露情意，引楊弓助興，奕碁競爭，各展長才，滿耳歌舞音曲，其模樣難以言語形容，又從一松樹隱處，現出一體態麗質之英氣女子，手挽防水油布包，穿過紫藤花浪之清淨岩間，來到青苔之席，於一處落座，由竹筒取出酒來，作勸醉賞花狀，稍過片刻彼女掀開攜來包裹，取出小舂細杵，二人以手精米，又汲水，欲生火，遂拾取周邊落葉，邊炊煮邊遊戲嘻笑，愉悅飲食。

（西鶴[41]著《艷隱者》卷三〈都之夫婦〉）

行末の知らぬ浮世、移り替る(かわ)こそ変化(へんげ)の常に思ひながら、去年もはや暮れて、初霞の朝長閑(のどか)に、四隣(しりん)の梢もうごき、よろづ温和にして心もいさましげなるこ

41井原西鶴，江戸前期的《浮世草子》作者。相當於大眾小說大師。本名平山藤五。大阪人，入西山宗因之門學談林風，作品雅俗折衷，故事突破傳統，曾創下一晝夜寫出兩萬三千五百句的紀錄，綽號荷蘭西鶴。描寫元祿前後的享樂世界男女、俠義武士、市井町人等生活，作品《好色一代男》、《好色一代女》、《好色五人女》、《武道傳來記》等。

そ、しばらく此所(このところ)をも去て世の有様をも窺い猶身の修行にもせんと思い、さしも捨がたき窟(いはや)の中を立出(たちいで)、志(こころざ)して行国(ゆくくに)もなく心にまかせ歩行(あゆみゆく)に時は花咲(はなさく)比(ころ)、樽に青氈(せいせん)かつがせささへに席を付(つけ)て、男女(なんにょ)老少あらそいこぞり、桜が下に座の設して遊ぶに、この景ただに見てのみやあらん、花のおもはん事もはづかしなソど、詩にこころざしをのべ、歌に思いを吐(はき)、楊弓に興じ、囲碁にあらそう、思い思いの正業歌舞音曲(せいげふかぶおんぎょく)も耳に満て、その様言葉にのぶべくもあらず、又ある松の木隠(こがくれ)に、その体(てい)うるわしき男の色ある女に、湯単包(ゆんたんつつみ)をもたせ、藤浪のきよげなる岩間づたへに青苔の席をたづねて来りしが、とあるところに座して、竹筒より酒を出(いだ)し、酔いをすすめて花見るさま也、時へて後彼女(かのをんな)にもたせし包物を明て、ちいさき臼(うす)、細やかなる杵(きね)を取出して二人の手して精(しら)げるが、また水を汲(くみ)、火をきりなソどして、あたりの散葉(ちりば)拾ふて、炊揚(たきあげ)つつ、たはふれ笑ひ、たのしげに食ふ、(西鶴著　艶隠者巻之三「都のつれ夫婦」)

充滿難以言喻的色氣，而且如此有癖性的文章也很少見。這和秋成的文章比起來，語言的簡略方式，用字遣詞的模樣，和其他所有各點，都更超越文法規範。其實西鶴的文章，只要讀五六行就很容易鑑定出是西鶴手筆，特色之濃一目了然，老實說，正因為是西鶴所以才能稱得上名文，如果走錯一步的話，可能就會成為非常嚴重的惡文。

而且所謂的一步之差，終究也是口頭上無法說明的東西，各位只能自己去感覺和體會，沒有別的辦法。

其次，下面所舉的例子是森鷗外[42]譯作《即興詩人》[43]的一節，和西鶴的文章又是種類完全不同的，直爽，沒有癖性的寫法，像這樣的文章也正是名文之一。

忽然有一弗拉斯蒂[44]農家婦人裝扮的老婦，出現在我眼前。她的背伸得出奇挺

42森鷗外（1862~1922），本名林太郎，別號觀潮樓主人。生於島根縣津和野。東大醫科出身。成為軍醫，赴歐留學。主要作品《舞姬》、《雁》、《阿部一族》，由德語翻譯《即興詩人》。

43《即興詩人》，丹麥作家安徒生（1805~1875）的作品，故事描寫義大利羅馬附近一個少年的故事。出版於一八三四年。森鷗外從明治二十五年開始翻譯，歷經九年歲月完成，形成所謂雅文體的嶄新文體。成為結合和漢洋文字的珠玉名作。許多人帶著《即興詩人》到義大利旅行，尋找故事背景。

44弗拉斯蒂（Frascati），羅馬附近，產白酒聞名。

直。臉色黑得醒目，可能因從頭上披垂到肩部的長白紗的緣故吧。皮膚多皺，紋縮如網。黑眼珠彷彿要填滿眼眶。老婦剛開始微笑著看我，俄然嚴肅起來，凝神打量我的臉，令人懷疑是倚在旁邊樹上的木乃伊。過一會兒說，「花拿在你手上也會變美麗。你眼中有福星。」我把正在編織的花圈，抵著我的嘴唇，驚訝地注視那邊。老婦又說，「那月桂之葉，雖美卻有毒。編花圈無妨。但別碰嘴唇。」此時安潔利卡從圍籬後面走出來說，「聰明的老婦，弗拉斯蒂的芙爾伊雅。您也在為明天的節日，準備編花圈嗎？不然您為何在這日子進入坎佩尼亞[45]，做不尋常的花束呢？」老婦被這樣一問，頭也不回只注視著我的臉，繼續說，「聰明的眼睛。誕生於太陽過金牛宮時。於名於利皆與牛角有關。」此時母親也走過來說，「吾兒該受領的，是黑衣大帽，往後，該焚護摩木服侍神明？或走荊棘之道呢？就任由他的命運安排吧。」老婦聽後，了解母親之意想讓我入僧門。我記得這件事。

忽ちフラスカアチの農家の婦人の装したる媼（おうな）ありて、我前に立ち現れぬ。その背はあやしき迄直（すぐ）なり。その顔の色の目立ちて黒く見ゆるは、頭より肩に垂れたる、長き白紗のためにや。膚の皺は繁くして、縮めたる網の如し。黒き眶はを填めむ程なり。この媼は初め微笑みつゝ我を見しが，俄に色を正して、我面を打ちまもりたるさま、傍なる木に寄せ掛けたる木乃伊にはあらずやと、疑はる。暫しありていふやう。花はそちが手にありて美しくぞなるべき。彼の目には福の星ありといふ。我は編みかけたる環飾を、我が唇に押し当てたるまゝ、驚きて彼の方を見居たり。媼また曰く、その月桂の葉は、美しけれど毒あり。飾りに編むは好し。唇にな当てそといふ。この時アンジエリカ籬の後より出で、いふやう。賢き老媼、フラスカアチのフルヰヤ。そなたも明日の祭りの料にとて、環飾編まむとするか。さらずば日のカムパニヤのあなたに入りてより、常ならぬ花束を作らむとするかといふ。女はかく問はれても、顧みもせで我面のみ打ち目守り、詞を続ぎていふやう。賢き目なり。日の金牛宮を過ぐるとき誕れぬ。名も財も牛の角にかゝりたりといふ。この時母上も歩み寄りてのたまふや

45 坎佩尼亞（CamPania）羅馬近郊，義大利麵及披薩發源地。

う。吾子が受領すべきは、緇き衣と大なる帽となり、かくて後は、護摩焚きて神に仕ふべきか、棘の道を走るべきか。それはかれが運命に任せてむ、とのたまふ。媼は聞きて、我を僧とすべしといふ意ぞ、とは心得たりと覚えられき。

如果說西鶴的文章是朦朧派的話，那麼森鷗外這種文章就屬平明派了。每一個細節，都清清楚楚，沒有一點曖昧的地方，文字的使用法正確，文法也沒有錯誤。但是，這樣的文章要是不高明的人模仿的話，會變成平凡、無味的文章。至於有癖性的文章，那癖性反而成為容易吸引人的可取之處，巧妙的地方也因而容易被注意到。然而平明的東西，因為猛一看並沒有出奇的地方，所以難以模仿，初學者很難看出什麼地方有味道。

德川時代貝原益軒的《養生訓》和新井白石的《折柴記》之類的，就屬於這平明派，雖然被教科書選為讀物，但那樣的文章，一來是那作者的頭腦、學識、精神的光輝，如果沒辦法體會的人是無法理解那風格的。

總而言之，**所謂文章的味道，就像藝術的味道，食物的味道一樣**，鑑賞時，學問或理論都不太能幫上忙。例如看舞台上演員的演技，能看得出巧拙之分的，並不限於學者。這還是需要對戲劇感覺敏銳，與其研究上百的美學和戲劇理論，不如「感性」第一。

此外，要品嚐鯛魚的美味，如果說一定要先做鯛這種魚類的科學分析的話，一定會讓大家笑話。事實上，像味覺這樣的東西，是不分賢愚、老幼、學者、非學者的，品味文章，要仰賴感覺的地方也很多。

然而，**感覺這東西，天生就有敏銳和遲鈍之分**。味覺和聽覺據說特別是這樣，被稱為音樂天才的人，沒有誰教，但他聽過某一個音就能感覺到那音色分辨出那音程。舌頭發達的人，吃了原型已經分不出來的加工烹調菜餚，也能說中是用了什麼和什麼材料。

此外，就像有對氣味感覺敏銳的人、有對色彩感覺敏銳的人那樣，文章也有生來感覺敏銳的人，就算不知道文法和修辭學，也自然能體會到文章的妙味。

往往在學校的學生中，有的少年其他學科成績並不特別好，理解力也比一般差，然而上到和歌和俳句的課時，卻能閃爍出比老師更靈光的洞察力，而且教他文字和讓他背誦文章時，也顯示出異常的記憶力。像這樣的情況，就是先天具備對文章的感覺。不過，如果要說這既然是與生俱來的能力，那麼後天不管怎麼努力都沒有用了，倒也不然。

偶爾也有非常缺乏感覺性素質的人，經過一再不斷的修練依然沒有進步的，不過多半的人**憑用心和修養，也可以把天生遲鈍的感覺磨練得敏銳起來**。而且經常是越磨練，越發達。

那麼，要怎麼做才能把感覺磨練得敏銳呢？

盡量多讀好作品，一再重複閱讀。

這是第一重要的，其次：

自己試著寫看看。

這是第二步。

上述第一條件，並不限於文章。**所有的感覺都是從重複無數次的感覺中逐漸變敏銳的**。例如彈三味線樂器也一樣。調整三根絲弦的調子，第一根弦的聲音，第二根弦的聲音，和第三根弦的聲音，要調到和諧，有必要轉緊放鬆，天生聽覺敏銳的人，不教也會，但大多的初學者，卻不會。換句話說，聽不出音調準不準的分別。於是開始學的時候，都先由老師代為調好弦才彈。等到漸漸聽慣了三味線的聲音之後，開始分得出聲音的高低和是否調和，經過大約一年之後，自己也學會調弦了。

這是因為每天每天反覆聽著同樣的絲弦音色，對音的感覺不知不覺間已經變敏銳——耳朵養肥起來——的關係。因此老師在等學生自然達到能領會的時機來臨之前，總是默默幫學生調弦，也不多談理論。因為知道說了也沒有用，反而只有妨礙而已。

自古以來，舞蹈和三味線的教學，據說長大才學就太遲了，都要在未滿十歲，最好是四、五歲時就開始學，完全因為這個。因為大人沒辦法像小孩那樣無心，總之凡事都談理論，不想腳踏實地去反覆練習，只想用理論幫助記憶提早學會，這反而妨礙進步。

這麼說來，**要磨練對文章的感覺，從前寺子屋私塾式教授法是最適合的理由，應該可以理解了**。不講解，只讓學生反覆音讀，或讓學生背誦的方法，好像是非常需要耐心的、遲緩的方法，其實這才是比什麼都有效的方法。

然而，話雖這麼說，以今天的時勢，要照這樣實行可能有困難，但至少各位在這樣的用意下，盡量多讀自古以來的所謂名文，像這樣反覆重讀。雖然有必要多讀，但一味貪多流於亂讀也不宜，不如同樣的文章反覆讀很多次，讀到可以背誦的地步。即使有意思不懂的地方，也不必太在意，只要模糊知道的程度就可以繼續讀下去。這樣做著之間逐漸磨著感覺，漸漸就能體會到名文的味道，同時，本來不太懂意思的地方，也會像天色漸漸從黑夜到微微亮起的黎明那樣，開始釋然明白起來。換句話說在感覺的領導之下，開始領悟到文章道的奧義。

但是，要讓感覺磨練得敏銳，除了閱讀別人的文章之外，沒有比常常試著自己寫作更有用了。尤其，要以文筆立身處世的人，除了要多讀之外還要練習多寫才行。我要說的倒不是這個，而是就算站在鑑賞者立場的人也一樣，為了磨練更高的鑑賞眼光，還是有必要自己實際去創作看看。

例如，就以前面所舉三味線的例子來說，自己沒有實際拿過那樂器的人，實在很難理解三味線到底彈得好不好。雖然重複聽多次以後也能漸漸聽得出來，不過耳朵要練到這麼肥的地步要花掉幾年時間，進步很慢。然而如果能親自學習彈三味線的話，就算一年半載也好，卻能明顯增進對聲音的感覺，鑑賞力立刻提昇許多。舞蹈應該也是這樣，一個完全不會跳舞的人要知道跳得好壞，並不那麼容易，然而一旦自己也學跳之後，就看得出別人跳得是巧是拙了。

此外，做菜也一樣，自己去買過菜，親自下過廚，拿過菜刀，烹調過的人，要比只會吃的人，味覺的發達一定遙遙領先。

另外這是我從畫伯安田靭彥聽來的，有一次畫伯說，世上有一種叫做美術評論家的人，每年展覽會季節一到，就會對出品的畫作東評西評，在報章雜誌發表意見，但據畫伯長年經驗，這些批評從畫家眼裡看來，都沒有說中真正要害，不管褒獎或貶低的地方，全都沒有抓住要點，所以畫家並不心服口服，或者不足以產生啟發作用。相反的據說同樣是畫家同行之間的批評，果然是知道此道辛苦的人所說的話，因此能挑出外行人看不到的弱點，也能確切舉出長處，自然有很多值得傾聽的地方。

關於劇評家也可以說和這類似，演技藝術的真正好壞，唯有經歷過無數舞台的演員，才比誰都更清楚。我在自己的戲劇作品上演時，曾經和一流歌舞伎演員交談過幾次，他們多半沒有受過高等教育，也沒有學過近代美學理論，但長久下來在不知不覺間也體會到批評家所說的道理，對腳本的充分理解，往往讓我感到十分佩服。

演員的頭腦雖然不適合記憶系統化的學問，但因為他們累積了感覺上的修行歷練，因此可以嗅出所謂戲劇的神髓。然而，學校剛畢業的年輕劇評家，因為缺乏這方面的修行，分不出技藝好壞，因此也不懂戲演得如何。那麼該怎樣才能理解戲劇呢？要從理解舞台上演員的一舉手一投足，和每一句台詞的唱腔科白等巧拙開始，因為一旦離開這種感覺性要素，戲劇就不存在了。

在都會長大的婦女小孩和市井小民，從小就經常看戲，接觸名演員的演出，磨練過感覺，因此往往可以說出令行家點頭的中肯批評。

不過，各位之中或許有人心存懷疑。這麼說是因為，所有的感覺都是主觀的，因此甲所感覺到的和乙所感覺到的，幾乎不可能完全一致。每個人都各有好惡，甲喜歡清淡口味，乙則欣賞濃烈滋味。就算甲和乙都擁有不落人後的敏銳味覺，但甲認為珍貴的美味，乙並沒有太大感動，有時候甚至覺得難吃。假定甲和乙同樣感覺「好吃」，甲主觀上所感到的「好吃」，和乙主觀上所感到的「好吃」，到底是不是相同，也無法證明。

那麼，如果在鑑賞文章，動用感覺時，要判斷是名文或惡文，終究離開了個人主觀就不存在了嗎？不免產生這樣的疑慮。

沒錯，確實正是這樣，不過對懷有這種疑慮的人，我想舉下面事實來回答。我要說的是這樣一件事。

我的朋友中有一位在大藏省（財政部）上班的官員，聽他說，每年大藏省都會舉行日本各地釀酒的品評會，根據味道好壞分出等級。評分方式，據說是聚集許多鑑定專家一一試著品嚐之後，投票決定的。不過因為有幾十種、幾百種酒，所以意見可能相當分歧，據說事實上卻不然。

各鑑定家的味覺和嗅覺，要從那麼多酒中，選出品質最醇的一等好酒，往往卻正巧一致，投票結果揭曉時，甲鑑定家給最高分的酒，乙和丙鑑定家也給最高分，據說不會像外行人那樣意見分歧。

這個事實，說明了什麼呢？

感覺未經磨練過的人之間才會有「美味」、「不美味」不一致的情形，擁有洗鍊感覺的人之間，感覺不會相差太大。

也就是所謂感覺這東西，是作成經過一定磨練之後，各人對同一對象會產生同樣感覺。

因此，感覺才有必要**磨練**。

不過，因為文章並不像酒和飲食內容那麼單純，因此喜歡的地方會因人而異，在專家之間偏向一方的情況，也不是完全沒有。

例如森鷗外，雖然像他這樣的大文豪，又是學者，但不知道為什麼並不欣賞《源氏物語》的文章。證據在過去他為与謝野夫婦口譯《源氏物語》的序文中婉轉述說「我每次讀源氏的文章，常感覺有幾分困難。至少那文章，沒辦法很順利地進入我的頭腦。那究竟真的是名文嗎？」這樣的意思。

然而，對像《源氏物語》這樣可以視為國文學上聖典的書籍，寫出這樣冒瀆之語的人，難道只有鷗外一個人嗎？其實不然。畢竟，源氏這樣的書，自古以來毀譽褒貶就特別喧騰，和這並稱的《枕草子》，大體上則有一定的好評，沒有惡評，然而源氏方面，從古到今說內容和文章都不值一看，支離破碎，讀來令人睏倦等，露骨評語未曾斷絕。而且，這樣說的人，一定都是喜歡漢文趣味勝過和文趣味，擁有與其流利文體不如偏好簡潔文體傾向的人。

確實，我國古典文學之中，源氏是最具代表性的作品，因此不僅國語的長處發揚無遺，同時短處也一併具備許多，因此喜愛男性化，簡潔有力，聲韻美好的漢文語調的人，會感覺那文章有點不乾脆，拖拖拉拉似的，什麼事情都不清楚明說，只以模糊的朦朧表現法，令人感覺意猶未盡。因此，我可以這樣說。**同樣喜歡喝酒的人，也有喜歡甘口的人，和辛口的人，文章道也一樣，可以大別分為喜歡和文脈的人，和喜歡漢文脈的人。**換句話說，這就是《源氏物語》的評價好壞有別的地方。

這種區別在今天的口語體文學也存在，即使是言文一致的白話文章，但試著仔細吟味時，卻也有傳達像和文溫柔婉約感覺的文章，和傳達像漢文那樣鏗鏘味道的文章。如果要舉具體顯著例子的話，泉鏡花、上田敏、鈴木三重吉、里見弴、久保田万太郎、宇野浩二等諸家屬於前者，夏目漱石、志賀直哉、菊池寬、直木三十五等諸家屬於後者。其實，和文之中也有像《大鏡》、《神皇正統記》、《折焚柴記》那樣簡潔雄健的系統，因此也可以稱為朦朧派和明晰派，稱綿延派和簡潔派，或者稱為流麗派和質實派，女性派和男性派，情緒派和理性派等，可以各種方式稱呼，**最乾脆的稱呼法，是《源氏物語》派，和非《源氏物語》派**。

這與其說是感覺的相異，不如說可以想成也許稍微潛藏有某種更體質性的原因，也就是說，在文藝道上精進的人，試著細查之下，大概都有幾分偏向一方。這樣說的我，以酒的偏好來說喜歡辛口，但文章卻喜歡甘口，屬於《源氏物語》派，年輕時雖然曾經對漢文風格的寫法感興趣，但年紀漸漸大了，隨著對自己的本質比較有自覺之後，偏向漸漸變得極端起來，實在真沒辦法。

話雖這麼說，不過感受性最好還是要盡量放寬，加深，公平才好，不宜強行偏向一方，不過相信各位在廣為涉獵，多所創作之間，可能就會自然發現自己的傾向。這時候，不妨盡量選擇適合自己性向的文體，以期在該方面力求精進才是上策。

三、文章的要素

◎文章有六個要素

正如前面一再說過的那樣，要學文章，實際練習是第一重要的，理論不太有用，因此以幾個要素來分別理論，似乎也於事無補，不過這樣就違背寫這本書的旨趣了，因此我試著設定下列項目，把以上所述再試著詳細說明。

首先我把文章的要素分為以下六點：

一　用語

二　調子

三　文體

四　體裁

五　品格

六　含蓄

不用說，這絕對不是嚴密的分法，此外，這些要素應該也不是可以互相斷然區別的東西，六種因素個別都含有其他五種因素，互相緊密關聯，因此要一一完全分開說明，其實並不可能。那麼，在說明其中一個因素的時候，請注意經常也會同時帶到其他五個因素。

此外，這六個要素中，最後四項，也就是文體、體裁、含蓄、品格四項，是我個人相信只有日文中才有的特色。

◎用語

一篇文章，因為是由幾個單語構成的，因此不用說，單語選擇的好壞是文章好壞的根本。關於選擇方法，在這裡，讓我提出我的心得。

總歸一句話：不要標新立異。

這點若再詳細說明，可以分成以下幾點：

一　選擇容易懂的語言。

二　盡量選擇自古以來大家用慣的古語。

三　找不到適當古語時，可以用新語。

四　古語和新語都找不到時，就造語——自己創造新奇用語時要非常慎重。

五　有根據的語言，也可能很少聽到，與其引用困難的成語，不如採用聽慣的外來語或俗語。

本來，要表現一件事情，有幾種擁有相同意思的語言可以選擇，也就是所謂同義語，有必要盡量多知道同義語。這最好能多讀書，多記單語，存進隨時可以拿出來用的記憶寶庫裡，不過除非記憶力相當好的人之外，很難在該用的時候從無數同義語中想出適當的來用，因此備有同義語辭典，或英和辭典之類的放在座右也很方便。這時候，在查證自己熟知卻一時想不起來的字時很好用。但不管字典有多少字，對於自己所不熟悉的語言，或世間不通用的困難文字，除非不得已，否則應該避免。

此外以為只要翻字典的話什麼字都可以找到的想法也錯了。不要忘記字典所沒有刊載的俗語、隱語、方言、外來語、新語之類的，有時也有很適當，感覺很生動的語言。

假定各位想表達「散步」的意思時，只要寫去「散步」就行的，但在寫「散步」之前請試著查一下所謂「散步」的各種同義語看看。於是目前可以想到的用語有：

散步

散心

漫步

蹣跚地走

拄杖而行

隨意走走

遊步（法語 promenade）

這時各位會想這些同義語中哪一個最適合現在的情況，然後做出選擇。

散步只不過是一個例子而已，牽涉到細節時，選那一種似乎都沒有太大的差別。不過以語言少的日本語，光說到散步這麼簡單的事，都可以當場立刻想到七個同義語，一般所謂同義語真是出乎意料之外的多。因此，要從無數同義語中，當場選出最恰當吻合的用語，絕對不是一件簡單的事情。所謂某種「錯過此語再無他話」的情況是極為明白，絲毫不需要猶豫的，不過通常都有兩種、三種相似的語言，因此往往難以取捨選擇。

然而，在這種情況下，請各位仔細看看這兩三種類似的用語，如果你認為用哪一種都一樣，沒什麼差別，那麼十之八九，你對語言和文章的感覺很遲鈍。

關於這點，我想到法國有一位文豪說過類似「一個地方最適合的用語，只有一個」意思的話，各位不妨好好體會一下，這裡所謂，**最適合的用語只有一個**，有數個相似用語的情況下，如果以為哪一種都一樣的話，表示你的想法還不夠緻密。如果再注意想想，仔細推敲看看，一定會知道某一個用語，比其他用語更適切。

例如即使像散步這麼細微的事情，但是「散步」、「散心」和「蹣跚地走」、「隨意走走」等，不可能每一個都完全一樣。有時候「散心」比「散步」合適，有時候「隨便走走」更貼切，像這樣對少數用字的差別都粗心大意，感覺遲鈍的話，是作不出好文章的。

那麼，某一種情況，以某一種用語比其他用語更適當的說法，是根據什麼決定的呢？這很難說。

首先，必須對自己腦子裡的想法，選最正確吻合的說法才行。如果是**最初先有想法然後找到語言**的話，是最理想的順序，然而，實際上卻不一定這樣。相反的，也有**先有語言，然後為了符合該語言而整理出想法**，以語言的力量引出思想的情況。大體上，除了學者論述學理的場合之外，普通人對自己想說的事的細節到底是什麼，往往自己都摸不清楚。於是實際上，有些美麗的文字組合，或痛快的語調，這些東西便先在腦子裡浮現出來，因此試著用看看，於是開始動筆寫出來，不知不覺間完成了一篇文章。換句話說，**最初發生時所用的一句話，往往定出思想的方向，結果支配了文體和文章的調性。**

例如，假定不是「漫步」而是寫成「漫無目的地走著」的話，就會被這牽引著，文體往和文調走，如果用promenade「遊走」的話則會往時髦的文章寫下去。不，何只這樣，也許說來奇怪，不過小說家在寫小說的時候，偶然用的一句話，甚至會發生把文章往和最初計畫的故事不同的方向扭轉的事情，說真的，許多作家，並不是一開始就擁有清楚計畫，而是在寫著之間，因為所用的語言、文字和語調成為機緣，使作品中的性格、事象、景物等，自然開始形成具體型態，終於渾然完成故事的世界。

話說，以前我聽人家說，義大利文豪鄧南遮（Gabriele D'Annunzio1863~1938）老後還經常讀字典，遍覽各種單字，並從這些單字獲得各種作品的創意靈感。這以我自己的經驗來證實，應該不是假的。我年輕時候的作品中有一篇〈麒麟〉的小短篇，這其實與其說是內容，不如說是「麒麟」這標題的文字最先在我腦子裡浮現。然後從這文字產生空想，發展成那樣的故事。因此，說起來一個單語的力量是非常偉大的，古人認為語言是有靈魂的，取名為言靈也不無道理。這如果以現代語來說，就稱為**語言的魅力**，語言的一字一句各自都是生物，**人類在使用語言的同時，語言也在驅使人類**。

如果這樣想的話，要確定一個用語的適當不適當時，相信您也知道必須動用相當複雜的思慮了。換句話說，並不單純只是意思正確，思想吻合的事而已。有時候讓思想配合語言整理出頭緒來固然聰明，有時候，不得不警戒不要讓語言使用過度，以致扭曲了思想。

結果，語言不只影響局部地方，還會波及影響文章全體，因此要不斷注意整體的諧調，考慮調和不調和，把前面所述六個要素，也就是用語、調子、文體、體裁、品格、含蓄全部計算在內，才能確定是否合適。

在這點上，可以視為語言使用巧妙的，有志賀直哉的〈萬曆赤繪〉短篇的開頭：

據說京都的博物館中有一對萬曆的美好花瓶云云

京都の博物館に一対になった万暦の結構な花瓶がある云々

這裡有「結構な」（美好、不錯）的形容詞。在這一場合，如果要誇獎這個花瓶的話，可以用「可觀的」、「華麗的」、「藝術的」等等用語，但無論用哪一個，終究不如用「結構な」一語所包含的寬廣和深厚。這用語除了適切道出這花瓶的美之外，同時也擁有暗示全篇內容和趣向的寬容度，真是發揮了很好的作用，這種簡單的用語中，也能窺視出手腕的高下。

試想起來，自古以來就有雕琢文章的說法、有推敲詞句的說法，這多半指單字的選擇也煞費苦心的意思。我從事此道幾十年來，依然還經常為字句的取捨而左右為難，和年輕時候一樣感到辛勞。

和年輕時候不同的只有，以前是被語言的魅力所吸引，被語言所驅使而不厭其煩，現在則比較知道約束控制自己，盡量化被動為主動，努力去驅使語言了。這畢竟因為年輕時代過於受到西洋的影響，不喜歡語言中留下曖昧不明的陰影，於是一味往緻密、清晰、新鮮、刺激的方向表現，拚命選擇能夠引人注目的顯著文字來用，後來漸漸覺悟到這種寫法是卑下的，現在相反的，盡量把意思以含蓄的方式來表現，盡量去掉異色，達到還原本色的結果。

那麼，接下來我將最初列舉的項目說明如下：

一　選擇容易懂的語言

這是用語的根本原則，在所謂容易懂的用語之中，當然也包含文字在內。

尤其我要特別強調這原則重要的地方在於，誰都可以明明白白地理解，因為現在阿貓阿狗都一副想用知識分子的說法，本來簡單的用語就說得通的事情，卻故意用困難的迂迴表現，這種惡劣風氣相當流行的關係。

從前，唐朝大詩人白樂天有一段逸事，據說他作的詩發表之前，會先把草稿讀給沒有讀過書的老爺爺老奶奶聽，如果有他們不懂的字，就會毫不猶豫地改用比較平易近人的字，這是我們從少年時候就常常聽說過的有名故事，然而現代人卻把這**白樂天的用心**忘得太過分了。總之，一心想炫耀自己多有學問、知識，頭腦多靈光，又想創造前人所沒有用過的新語，好像只有自己最偉大似的，這種標新立異的毛病必須改掉。

二　盡量選擇自古以來大家用慣的古語

在這裡所謂的**古語**，是指明治以前相傳下來的語言，相對之下，把明治以後，西洋文化傳入之後才出現的語言稱為**新語**。古語也有從神代的往昔就有的語言，有德川時代才造出的比較新的語言等，各種各樣之中，現在依然在使用的語言，是任何地方任何人用來都沒問題，誤用和誤解的顧慮最少，因此最符合容易懂的原則。

今天因為教育普及，所以無論去到任何偏僻地方，都沒有說不通的新語，不過所謂新語這東西，因為很多是從西洋語翻譯而來的，因不同的人，不同的時代，翻譯法也各有不同。例如明治初年，曾經把哲學稱為「理學」，今天如果提到理學的話，則可能意味物理學之類的學問。

此外，今天從英語中的「civilization」翻譯成的「文明」，說法有點過時，從德語「Kultur」翻譯來的「文化」，用語成為流行，意思雖然有些差異，但大多的場合都不說文明而說文化。

相當於英語「idea」的用語，也可以說成「觀念」、「概念」、「理念」、「意念」、「心象」、「意象」等各種說法。

還有，以前所說的「檢查」、「調查」、「研究」等事情，今天也說成「檢討」。「魁」和「先頭」的說法，也可以說成「尖端」、「新銳」。而「敏銳」的說法則也說成「尖銳」。「理解」和「諒解」說成「認識」。「總決算」、「總結」說成「結算」。

我們既然活在現代，似乎只要用現代語就行了，然而日本流行改變得特別激烈。當一個新語好不容易傳到鄉間港邊時，都會中又已經產生第二種第三種新語了。這種語言變遷之多，以我所知就數也數不清。然而，文章未必是只給現代人讀的，也未必只以都會知識分子為對象。可能的話，希望後世的人，窮鄉僻壤的老翁老婦，也能讀得懂是最好不過了。那種變遷激烈，而且因人而異的說法，還是盡量不用比較好。

其次，自古以來用慣的語言中，也有日語系統的和漢語系統兩種，而且，我想建議不妨盡量多採取不需要困難漢字的日語系統語言，關於漢語和漢字方面，將於下一個項目概括敘述。

三　找不到適當的古語時，可以用新語

所謂新語也有很多種，其中有些是幾十年來已經用慣，幾乎已經普及得等於古語沒有兩樣了，這些我想還不至於不適應。但，有些是最近才出現，幾乎只有大都會的小部分人才用的那種，而且，那到底會不會普遍流行也不確定，這種語言最要不得。例如幾

年前，某報紙把當時美國的流行語「烏皮」引進來想造成流行，卻未如預期，並沒有見到大流行。像這樣，壽命很短的新語非常多，因此如果以為新鮮就盲目使用這種語言，只有徒然暴露自己人格的輕率而已。

但是，新語之中，也有許多是進步的現代社會機制中，在理所當然的要求下應運而生的語言，古語中並沒有這些語言的同義語，因此除了用之外別無選擇。說得快一點，例如「飛機」的用語，以前的語言中應該沒有可以代替的用語，因此無論如何都不得不說「飛機」。

此外，近代科學文明所產生的所有成語、技術語、學術語等，都算在內，像「組織」、「體系」、「有機的」、「意識形態」等語言，同樣都沒有適當貼切的古語可以代替。

不過，我在這裡要特別提醒各位注意的事情是，**找不到適當的古語，才開始用新語**，不要忘記能用古語就盡量用古語的用心。

因為，這用心在實際執筆時，不必用到新語的情況比剛開始想像得要多。例如現在說的「組織」這用語，也能用「結構」、「裝置」或「組合」，真正非要用「組織」不可的情況，說起來並不多。

此外，有時不說「意識」，而說「知道」、「感到」、「發現」也可以。「概念」和「觀念」等，只說「想法」也能了解。

我**意識**到他在看我。

他有**意識地**反抗。

他沒有所謂國家這個**觀念**。

像這樣的文章，都可以分別改成：

我**知道**他在看我。（或**感覺到**，**發現**）

他**故意**（或**刻意**）反抗。

他（**頭腦中**）沒有國家這個**想法**。（或他沒有**想到**國家的問題。）

這樣的話，可以讓更多人容易了解，而且感覺容易親近。

當然，「知道」、「發現」等語言，並不能直接代替「意識」。還有「想法」這語言，也不能立刻直接變成「概念」和「觀念」的同義語。這些新語被造出來，自然有它的理由，因此嚴密地說顯然沒有可以代替的古語，但問題在，沒有特別要求理論和事情的正確時，有必要每個用語的內容都限制得這麼細微、狹窄嗎？

確實，「我**意識到**他在看我」的說法，用「知道」來說的話，意思有幾分模糊。但「知道」的用語之中含有「意識」的語義，所以寫成「知道」，讀者也會得到「意識到」的意思，所以實際上應該沒有任何妨礙。不但如此，各位請回想我在前面說過的，也就是文章的訣竅在「知道語言和文字能表現出來和不能表現出來的極限，不要超越那極限」。如果各位無限地追究那意思的正確和細緻的話，結果可能沒有任何語言可以滿足您。因此，與其如此，不如採用意思多少有點模糊的用語，剩下的就留給讀者去想像和理解，反而比較聰明。

畢竟，現代人想創造必要以上的新語，是因為**有漢字這樣寶貴的文字，反而成為禍害**的關係。

漢字和「假名文字」以及ABC那樣的音標文字不同，因為每一個文字都表現一個意思，所以在造新語的時候，沒有比這更方便的文字了。例如留聲機（蓄音機），英語用「phonograph」（記錄聲音的機器）或「talking-machine」（說話的機器），把這稱為「留聲機（蓄音機）」真是巧妙。只有三個字，而且比英語更能完全說明留聲機（蓄音機）是什麼樣的東西。此外英語把電影稱為「moving-picture」（動畫），簡稱為「movie」，但「movie」這個用語和文字完全沒有意思，所以就算寫成“Movie”表示，不知道的人還是不知道什麼意思。然而如果說「活動寫真」，或「映画」的話，幾乎已經說明那東西的實體和用途了。這都是因為托漢字的福，如果不想像漢字的話，光從「chikuonki」「katudoshashin」「eiga」的語音無法想像是什麼，就算去思考，也只不過是沒有意義的聲音的連續而已。

因而，我們自從明治以來，在輸入西洋的學問、思想和文物時，翻譯各種技術用語、學術用語之際，能不感到困難，完全因為有這寶貴的漢字可以運用的關係。但同時，我們在過分依賴漢字的這種長處的結果，卻忘記**語言是一個記號**，而把強烈複雜而分歧的多種內容，裝進二字或三字的漢字中。例如留聲機「蓄音機」和電影「映画」，當然與其說「talking-machine」或「movie」，不如說「蓄音機」和「映画」比較能充分表達這東西的性能，然而這樣一來，對還不知道實物的人來說，除非用圖解更詳細說明，或把實物給他們看，否則終究也不明白是什麼東西。這樣看來，這些名詞也只不過是知道的人之間通用的符號而已，不一定要在二字或三字中把那物品的性能完全道盡。我們現在把有聲電影稱為「トーキー to-ki-」，是因為直接輸入在美國說「talking-picture」（說話的圖畫）的簡略說法的關係，會英語的人多少可以想像，但對不懂英語的人，則是完全沒有意義的語言。雖然如此，「トーキー」這用語卻已經傳遍大城小鄉，誰都知道是什麼了。

此外像 taxi タキシー（計程車）、tire タイヤ（輪胎）、match マッチ（火柴）、table テーブル（餐桌）、diamond ダイヤモンド（鑽石）等外來語，對日本人來說全都是沒有意義的發音組合，雖然如此，實用上卻沒有任何妨礙。畢竟，名詞就和個人的名字一樣，只要具有能稱呼的約定語的功能就夠了，既然是約定語，同一種東西如果有幾個稱呼法也麻煩。因此現代人，忘記了這明白的道理還被漢字囚禁的結果，對「觀念」不滿意就改用「概念」試用看看，又不滿意再用「理念」說看看，於是像這樣創造出一個又一個新語來。學者在傳述自己的學說時，尤其想顯示自己的見識，忌諱使用現成的成語，更苦心想出獨特的字面。因此競相發明出各種新的漢字組合來。

在這樣的情況下，所謂新語，大部分是由二字或三字四字等漢字的結合所形成的**和製漢語**，因此加上以前就有的漢語，今天世間所使用的漢字數目，想必比想像中要多。依我所見，即使在漢學興盛的德川時代，能作漢詩弄漢文，說漢語的人士，比較上畢竟還在少數，一般說來，一定還是通俗的日本式的說法比較盛行。說得快一點，比方官員的名稱，就不用內閣總理大臣、警視總監之類的困難說法，而用老中、若年寄、目附等，嫌疑犯稱為「尋者」。其實我還記得小時候，巡警還稱為「お回り」，汽船稱為「川蒸気」，火車稱為「陸蒸気」。

由此可見，今天的人，不僅文章而已，連日常會話，都夾雜漢字說的情況真的很多。最滑稽的例子是，有一次我去看牙醫，一位年輕醫師一面幫我看診，話中一面用到「dako」。剛開始我聽不懂什麼是「dako」，因為他一直「dako、dako」說個不停，我漸漸試著想想，原來是「唾壺」，要我把唾液吐在壺裡的意思。通常這種情況，專門的醫師如果也用「痰吐き」這樣通俗的說法的話，也許有失體統吧。

還有一次我在鄉間旅館留宿，掌櫃的出來招呼時，話中頻頻夾著「hekan、hekan」的用語，聽起來像「heka」因此更不明白是什麼意思，不過卻是「弊館」，也就是表示「自己的」或「我們旅館」的意思。這麼說來，大體上東京大阪等大都會的人，都會用熟練的、有味道的說法，愈鄉下的人，則多會用生硬的漢語，不知道為什麼。或許因為在都市人前面說話時，刻意盡量不要露出地方口音吧，不過也不盡然是這樣。例如在中國[46]某個地方，「雞」不叫做「niwatori」，而叫做「kei」。「馬鈴薯」不叫「jagaimo」而叫做「bareisho」。其次數字的算法，不說「hitotu」、「futatu」，而說「一個」「二個」。我想只有鄉下人才會這樣。

關於這件事，我常常覺得很奇怪，今天一方面獎勵限制漢字的使用，並積極推行羅馬字的普及運動。於是，為政者、教育家，都承認讓兒童記憶漢字造成他們很大的痛苦，又浪費他們的時間和精力，因此繼續採取努力減輕他們負擔的方針。雖然如此，另一方面，唾壺式漢字新語的流行，似乎又和時勢逆行，令人感覺真矛盾。事實上，今天

46中國，日本中部山陽山陰地帶。

的和製漢語，不免或多或少都陷入唾壺式的滑稽狀態中，這時候，我不只說新語，對古語也一樣，希望各位盡量少用漢語風的說法，多回歸溫柔的固有日本語，那麼就要養成音讀的習慣，離開文字，養成只用耳朵去理解的習慣，也是一個方法，這在三十五至四十二頁和文調和漢文調已經述說過了。

沒錯，要造新成語時，漢字確實是珍貴的寶貝，不過另一方面以日本式說法也能表達各種意思，這一點，像大工（木匠）、左官（泥匠）、建具屋（建材行）、指物師（木雕傢俱師）、塗師屋（漆器師）、表具屋（裱褙店）之類，工藝職人技術用語大可供我們參考。例如請聽聽木工所用的內法「うちのり」、外法「そとのり」、「取り合い」、「見込み」、「つら」、「目地」、「あり」之類的用語，還有建材行、指物師所用的「一本引き」、「引き違い」、「開き戸」、「舞ら戸」、「地袋」、「天袋」、「橋場眼」、「鏡板」、「猫足」、「胡桃脚」之類的用語都很簡潔，其中有些發音連要配什麼漢字都不清楚的用語。實際上也沒有任何不方便，相當夠用，從這點看來，日本語其實是效用比想像廣，而且巧妙的國語，現在才知道真是太晚了。那麼，如果我們學會這些師父的用語，把「社會」說成「世之中」，「徵候」說成「きざし」，

「預感」說成「虫の知らせ」，「尖端」說成「切っ先」、「出ッ鼻」，「剩餘價值」說成「差引」或「さや」，而且世間一般人都樂意這樣用，讓這些用語擁有新味道的話，那麼我們就真的大可不必再麻煩到漢字了。

四　古語和新語都找不到時，就造語——自己創造新奇用語時要非常慎重

這應該已經不用再說理由了。

如果各位想陳述過去所沒有的新思想或事物時，不要勉強造出符合那個的單語，不如結合幾個原來的語言，以句子來說明就好。

總之，花費相當語數可以比較了解的事情，不宜試圖縮短成二字或三字的漢字。雖然不用多餘的字句是寫作名文的條件之一，但不能因為這樣，連必要的字也省略掉，不但沒有把要說的事交代清楚，同時文品也會降低。

文章在以簡潔為貴的同時，也要無意間流露悠閒自在的餘裕才是上乘之作，近來人們可能因為講求節奏和速度，弄得心浮氣躁，完全忘記所謂「餘裕」這件事了。奇怪的新語之所以流行，這種風潮可能也是原因之一，不過當我聽到所謂「待望」的用語時，

就不禁想起面對飯桌坐著，一邊膝蓋已經半立起來，急忙把飯囫圇吞下去的人卑下的姿態。所謂「待望」可能是把「期待」和「希望」兩個意思合併變成一個吧。不要用這麼慌張，著急的說法，而不妨用「既期待，又希望」，或「一定會那樣吧，而且我也希望會那樣」這樣表達。

同樣的意思，使用像「逛銀」（逛東京銀座）、「逛心」（逛大阪心齋橋），或「普選」、「高工」、「體協」等**略語**，在文章上也是不太有品味的做法。不過，有些略語已經普遍化了，有時候也有使用原來的用語反而顯得迂迴的情況。例如「鰻丼」不要說「うなどん」而要說成「うなぎどんぶり」才對，但「天丼」「てんどん」如果說成「てんぷらどんぶり」又很可笑，像這樣，依不同東西，不同情況，有必要適度調整。不過大概說來，聽起來就算有點過於有禮，還是說得正式一點格調比較高。這應該在後段「關於品格」項目中會提到，尤其，外來語省略的說法，像「pro」（professional）、「agi」（agitation）、「demo」（demonstration）、「dema」（demagogy）煽動之類的，不懂英語的日本人不用說，連外國人都不懂，所以這種說法最不好。本來，這用意剛開始可能只是無產派鬥士等同志間通用的符號，後來才慢慢開始流行起來，如果是這樣的話，世間一般人去模仿他們說的「moga」modern girl、「mobo」modern boy，這種奇形怪狀的語言就流行不起來了。

五　有根據的語言，也可能很少聽到，與其引用困難的成語，不如採用聽慣的外來語或俗語

這理由，也明白得不需要說明的地步。

雖說日本語系統的語言很好，但不用說與其只有在《古事記》和《萬葉》等才能看到的語言，不如一般通用的漢語比較優越。例如「しじま」的說法在韻文中不妨礙，但普通應該說成「沉默」。此外，說是高雅才好，故作高尚，而刻意選擇不常聽到的冷僻字眼，也必須避免才行。無論多麼通俗的語言，在實際必要的情況使用時，聽起來並不顯得低級，然而這種情況，刻意採用彷彿很高級的說法時，反而令人反感。例如五萬圓不寫成「五萬圓」，而寫成「珍品五」的話怎麼樣呢。此外把吐痰的地方說成「唾壺」，這聽起來到底稱得上高尚嗎？

使用困難的漢字，儀式誇張的說法，不如以溫和，易懂，又能十足咀嚼體會的說法

稱為**周到體貼**，我想建議各位，不妨記住現在市井小民各種職業的人所用的語言，把那採用到文章裡去。他們所用的語言，雖然是俗語，但卻相當機智，而且常富有洗鍊的迂迴說法，並不一定會給人卑下的感覺。不僅如此，實際上往往覺得與其夾雜許多困難的成語，不如只用一句俗語來得更貼切，更能搔到癢處。

像小說家里見弴、久保田萬太郎等，就是這種擅長自在使用俗語，個別自成一家的例子，研究這諸家的用語固然有益，特別是我，覺得去聽單口相聲的落語家，或說書的講談師，尤其是名家大師的說話相聲，給我很多啟示。

其次關於外來語，如果意思很明白的話，也不用勉強用漢字，我贊成用原語就好。不能因為把「movie」翻譯成「映画」，就要把「talking」也一定要造一個譯語出來。翻譯家中有人把「butter」譯成「牛酪」，「cheese」譯成「乾酪」，「writing desk」譯成「書物机」，這種用語實際上沒有一個人這樣用，以這方針勉強推行下去的話，連像パン（pan麵包）、ペン（pen筆）、インキ（ink墨水）、ランプ（lamp燈）等，都不得不翻譯成漢字了。而且，就像前面已經說過的那樣，考慮到漢語的弊害時，對外國語與其勉強套上漢字新語，不如直接輸入原語，既簡單、明瞭，又符合時勢。

◎調子

所謂調子，就是文章的音樂性要素，因此這比其他任何方面都更屬於感覺性的問題，但要以語言來說明卻覺得相當困難。換句話說，**在文章道上，我想最難教人的，也是和那個人的天性有很大關係的，應該是調子**。

自古以來，就說文章是人格的表現，不過不僅是人格，其實甚至也可以說那個人的**體質**、生理狀態之類的東西，都會自然流露在字裡行間，而且表現出來，就是**調子**。那麼，**文章的調子，可以說是這個人的精神流動，血管節奏**，尤其和體質一定有相當密切的關係。確實就像聲音和皮膚的顏色，立刻令人想像這個人的生理狀態那樣，兩者之間彷彿潛藏著某種和那類似的東西。那麼，任何人在作文章時，無論自己有沒有感覺到，都自然會具備呼應那個人體質的調子，天生熱情的人帶有充滿熱情的調子，冷靜的人表現出冷靜的調子。而呼吸器官弱的人，則有點看得出上氣不接下氣的地方，消化器官有病的人，則反映出血色不太好、氣色不佳的臉色。此外，有喜歡安穩平順調子的人，有喜歡凹凸粗糙調子的人等，可能因為個別的體質塑造出這樣的結果，所以所謂調子，即使後天教授想必也不會有多大效果。如果有人想改變自己文章的調子，不如該從心境和體質的改變做起。不過，這樣說也太籠統了，所以首先舉出大體的種類，再分別提示屬於各種的代表性作家名字，多少謹供參考。

一 流麗的調子

前面已經說過《源氏物語》派的文章屬於這種，流暢如水流般，毫無停滯地方的調子。寫這種調子文章的人，不喜歡突顯一字一語的印象。就這樣，從一個單字移到下一個單字，為了讓連接的地方不明顯，而盡量寫得平順流暢。同樣的，從一個句子到下一個句子的移動，也把連接的界線弄模糊，哪裡是前面句子的結束，哪裡是後面句子的開始，刻意不分清楚。

不過，接續界線不清的好幾個句子串聯下去時，終究會變成寫很長的句子，所以相當需要技巧。因為，日本語中要串聯兩個句子並沒有所謂的關係代名詞。因此，句子總難免容易變短，如果勉強要聯繫的話，就會頻頻出現「てte」和「がga」等弄得很刺耳，所以，自古以來，接續助詞「てte」字用很多的文章被認為是惡文，確實沒錯。那麼要怎麼樣才能把那聯繫的接縫模糊掉呢？本書前面章節所引用的《源氏物語・須磨卷》的文章，因為是這種模範例子，所以請翻開那裡再看一次。這篇文章，從「那須磨」開始，到「實非本意」為止，好像是一個句子，然而依想法的不同，也可以看成句子到下一行的「思緒紛亂」為止。為什麼呢？因為從「那須磨」開始以下到那裡為止是源氏胸中的感慨，「實非本意」的地方，形式上算是告一段落，然而心情上卻還沒切斷。不過，這樣看下去時，「思緒紛亂」下面開始的「萬事云云」的句子，彷彿也像是獨立的，但心情上還是和前面聯繫著。如此看來這四行文章，可以說是由三個句子所成立的，也可以說整體全部是一個句子。當然這不僅是心情和氣氛的問題，也因為沒有採用明顯區分段落的用語，而且其中沒有一個地方是用「てte」來聯繫的。

現在試著把這原文在不失流麗的調子之下，翻譯成現代語看看，就成為以下的樣子：

那須磨的地方，從前還有一些住家，現在卻已經人煙稀少，變成非常荒涼，聽說連打魚人家都很罕見了，不過人多吵雜的住處也很無趣。只是遠離都城，總覺得擔心害怕憂傷迷惑。想到未來難免瞻前顧後，盡是悲傷的事。

あの須磨という所は、昔は人のすみかなどもあったけれども、今は人里を離れた、物凄い土地になっていて、海人の家さえ稀であるとは聞くものの、人家のたてこんだ、取り散らした住まいも面白くない。そうかといって都を遠く離れるのも、心細いような気がするなどときまりが悪いほどいろいろにお迷いになる。何かにつけて、来し方行く末のことどもをお案じになると、悲しいことばかりである。

這樣改寫的話，連接的地方模糊掉，和原文並沒有改變。因此，要以口語體寫長句子，也絕對不是不可能。

不過，現代人總之不會這樣寫，普通會寫成像以下這樣：

那須磨的地方，從前還有一些住家，現在卻已經人煙稀少，變成非常荒涼了，聽說連打魚人家都罕見了，不過人多吵雜的住處也很無趣。只是源氏之君對於遠離都城，總覺得擔心害怕憂傷迷惑。他一想到未來總是瞻前顧後，滿懷悲傷。

あの須磨という所は、昔は人のすみかなどもあったけれども、今は人里を離れた、物凄い土地になっていて、海人の家さえ稀であるとは聞くものの、人家のたてこんだ、取り散らした住まいも面白くなかった。しかし源氏の君は、都を遠く離れるのも心細いような気がするので、きまりが悪いほどいろいろに迷った。彼は何かにつけて、来し方行く末のことどもをお案じになると、悲しいことばかりであった。

這樣聯繫的地方就斷開，明顯變成三個句子。

我並不是說這種寫法就是惡文。但，今天因為流行短句的結果，就會有像前面的寫法，這樣，即使沒有關係代名詞的日文，也不會造成混亂，要寫多長的句子都可以寫，我想很多人可能已經忘記這件事了，因此特地想極力說明這種文章的優點。

那麼，以上兩種寫法比較之下，後者和前者不同的地方在：

一　省略敬語

二　句子結尾以過去式結束

三　第二和第三句加入主格

關於第一點，敬語在後段還有機會提到，現在就不提，關於第二第三點，我想說明這對所謂調子會有多大的影響。

首先從第「二」點說起，日本語和中國語、歐洲語不同，句子最後接的幾乎一定是形容詞、動詞、或助動詞。很稀奇地偶爾有以名詞結束，但大概都以上述三種品詞，尤其以助動詞最多，因此句子的結尾發音缺乏變化。從前，有一位在文句結尾喜歡寫「たりき tariki」成癖的學者老師，據說綽號叫做「たりき tariki 先生」，雖然如此文章體還算相當有變化，要是口語體的話，這種缺點就特別顯著。大部分不是以「る ru」結尾，

就是以「たta」或「だda」結束。雖然也有像「あろうarou」、「しようshiyou」等以「うu」結束的情況，有以「行くyuku」、「休むyasumu」、「消すkesu」等以現在終止形結束的情況，有以「多いooi」、「少ないsukuni」、「良いyoi」、「悪いwarui」等形容詞的「いi」結束的情況等等，不過這些情況中，也有像「行くのである」、「休むのであった」、「多いのだ」、「少ないのだ」、「良いのである」、「悪いのであった」那樣，加上「のであるnodearu」、或「のであったnodeata」、或「のだnoda」成為流行，因此，結果就變成以「るru」或「たta」結束。像這樣同一個音反覆時，一個句子的結束就很明顯。其中，尤其以「のであるnodearu」結束和以「たta」結束最容易聽出來。因為，「のであるnodearu」本來就是為了顯示終止而特地重重地附加上去的文字，此外「たta」這個音的聲韻也很強，是個切割很好的音，所以當然會成為這樣。

於是，為了模糊接點，就盡量不要附加無用的「のであるnodearu」、或「のであったnodeata」。此外，以動詞終結時用現在式，避免用「たta」結束。尤其，以我的感覺來說，因為「のであるnodearu」的發音很平順，不太重，但以「たta」結束則區別的分際特別明顯。

關於「はwa」的主格，在本書第二章六十八頁已經說過日本語的句子不一定需要主格。本來在日文中，無用的主格應該省略，英文法中所說意思的主格在這裡並不存在，而且這種所謂主格省略的手段，對於要把接縫模糊掉是最有效的，現在對照兩段譯文，應該就可以立刻明白。

此外請翻開第七十四頁，看看《雨月物語》的文章時，可以發現從開頭的「過了逢坂的關口之後」到「且植杖留於此地」雖然是一個句子，但連這都沒有主格。其次接下來的「非慰枕草露宿遙遠旅途之勞，乃方便觀念修行之庵。」又是一個句子，但從英文法的想法來說，像這種地方只能算是句子的片斷，只有這樣應該算是意思不完整的不完全句。因為，這個句子中，像「且植杖留於此地」這種代替主格的長句，全部被省略掉。可是，如果把這樣的句子放進去，全文的流麗調子就會被破壞掉。寫到「一路來到讚岐之真尾坂之林，且植杖留於此地」接上「非慰枕草露宿遙遠旅途之勞——」多麼自然，多麼順暢。何況這種情況不需要聲明是「他植杖停留之地」，意思已經充分傳達了，如果勉強加進去的話，只是為了文法上說得過去而已。

因此，我說「不要被文法囚禁」，完全就是指這種地方，無論是前面《源氏物語》

那一段也好，現在《雨月物語》的敘述這一段也好，**畢竟像這樣的文章句子之間沒有縫隙，整體是連成一氣的**。這樣想才最恰當。如果腦子裡一味只想著西洋的文法，而想把這文章分成幾個句子的話，必須補上各種主格，日本文章卻不必做到這樣工整的形式。換句話說，前者是源氏之君，後者是西行法師兩個人是事實上的主角，除此之外，沒有所謂主格的東西。

以上是針對流麗的調子，從技巧上大略說明，老實說，我並不相信這說明在實際上會有什麼幫助。為什麼呢？就像前面也說過的那樣，這都要靠天賦的體質，技巧只是枝微末節而已。假定各位能體會學得所有的技巧，但天性卻是不適合這種調子的人的話，文章也絕對表現不出流暢的流露感來。就算字面上看起來很流暢，但只不過是小技巧上的模仿的話，整體還是不太有勁，還不到真正有血有肉的地步。

相反的，天生具備這種體質的人，想寫的東西從一開始腦子裡就浮現一種節奏了，因此技巧上可能很不在意，有時候就算使用粗糙的文字，聱牙的音調，那些文字和聲音卻不可思議地並不刺耳，反而沒有停滯的流暢生動律動滾滾傳達給讀者。有時候，甚至會給人一種難以言喻的生理快感。

此外，我想現代可以說泉鏡花、里見弴、宇野浩二、佐藤春夫等幾乎接近這種作家，因此如果您讀到他們的作品時，相信應該可以更充分感覺到我所說的「調子」的意思了。

總而言之，從前誇獎文章寫得好甚至經常都會用流暢或流麗這樣的形容詞來當常套使用，可見讀得順暢要數第一條件，現在則崇尚鏗鏘有聲，印象鮮明的表現，結果這種寫法感覺好像有點落伍。不過我暗中心想，**這才是發揮日文最大特長的文體**，因此真希望這種文體能稍微復活起來。

二　簡潔的調子

這在所有的方面，都擁有和第「一」正相反的特色。寫這種調子文章的人，希望一語一語的印象都能鮮明地浮現出來。因此句子連接的地方，也像一步一步用力踏過去那樣，寫來分得清清楚楚。因此雖然沒有順暢的感覺，不過流動以一定的拍子反覆的地方有一種剛健的節奏感。如果「一」是《源氏物語》派，是和文調的話，這就是非《源氏物語》派，是漢文調。於是那節奏的美感，也和漢文的節奏相通。

幸而，這種調子的文章有志賀直哉的作品這樣傑出的模範，所以只要反覆玩味則是進步的捷徑。他的文章最異常的點，說起來印刷成活字時真是鮮明。這麼說，當然並不是只有志賀的文章特別採用特殊的活字去印。無論是單行本或在雜誌上刊登時，應該都是用普通字體印刷的。雖然如此，但不知道為什麼卻顯得特別漂亮。好像只有那個部分，字體特別大，紙質特別白，鮮明地映入眼簾似的。真不可思議，為什麼會令人產生這種感覺呢？因為作者慎重注意選字的方法、文字連接鑲嵌的方法，一個字都不疏忽的結果。因此連無心的活字都自然感染到那氣魄，正如書法家把楷書文字，用濃墨、粗筆、一筆一畫不厭其煩地，用力寫出來那樣，強有力地逼近讀者。

文章到達這個境界也不容易。大多的人所寫的東西，印成印刷品之後活字還飄在空中，好像立刻就會移動似的，志賀所用的文字，印成活字之後就像長了根似的看來穩固、深沉。話雖這麼說，但他並沒有用特別令人吃驚的奇怪文字或成語。志賀在許多作者之中還是不喜歡用華麗語言和困難漢字，用字算質樸平實的。但他的文章要領，在於敘述盡量收斂、字數盡量減少，普通人要費十行二十行來寫的內容壓縮到五六行，而且形容詞等，也選擇最平凡、最容易懂、和當時最吻合的一種而已。這樣一來，一個字一個字都加得非常重，雖然是同一個活字，裡頭卻含有兩個三個價值，好像是完全不同的活字那樣浮現出來。

但不用說，這並不是像光用口頭說說那樣簡單的事。首先練習的方法，就依前面說過的方針那樣，試著盡量壓縮字數寫文章看看。不過最初應該沒辦法一次寫出沒有一點多餘的東西，因此試著讀看看就會發現多餘的地方。那麼，把那多餘削除後再讀，削除後再讀，能削盡量削。因此有時必須改變句子的結構或用語順序，或用完全不同的語彙。以本書第二十二頁所引用的《在城之崎》的一節來說明的話，結束的地方有這樣一段：

其他蜜蜂全都進到巢裡之後的黃昏，看見冷冷的屋瓦上留下一隻死骸，好寂寞。

他の蜂が皆巣に入つてしまつた日暮、冷たい瓦の上に一つ残つた死骸を見る事は寂しかつた。

他這樣寫，一般初學者不太能做到這麼收斂。而會想寫成：

黃昏時分，當其他的蜜蜂都進入巢裡之後，只有那隻死骸仍獨自留在冷冷的屋瓦上，看起來好寂寞。

日が暮れると、他の蜂が皆巣に入つて仕舞って、その死骸だけが冷たい瓦の上に一つ残っていたが、それを見ると寂しかった。

把這種句子壓縮到不能再壓縮之後，才終於完成像前面那樣的句子。

其次，讀了這《在城之崎》也知道，簡潔調子的文章，發音清楚乾脆，句子和句子的分界必須明確，因此句子盡量以過去式「たta」結束，有時要表現縮緊的感覺，也可以採用現在式結束。但「のであるnodearu」、「のであったnodeata」，尤其是「のであるnodearu」有拉長的作用，所以在這裡要避免。還有像：

那有三天一直保持那個樣子。看著那個時給人一種非常靜的感覺。好寂寞。……然而實在好靜。

加上「那」字，是使句子的開頭效果加強的手段。

讀者中或許有人會因為這裡的「那」字具有英文法上主格的作用，而感到這文章具有英文味。但作者不是會被文法綁住而放上無用文字的人，這可以從「好寂寞。」這一句來完成一文就很明顯（參考二十二頁），這個「那」字與其說這樣，不如像我在第四十六頁上解說的那樣，應該視為刻意為了提升調子的目的所採用的重複，也就是和以「たta」終止的「たta」作用相同。

大體說來，要表達所謂簡潔的美感，相反的一面則必須要含蓄才行。不只是單純地累積短文章而已，取出其中的任何一個句子，都塞滿了能夠延伸十倍二十倍的內容才行。要不然，只把拉長的內容啪一下折斷切短，以「たta」結束的句子點綴起來的話，雖然光是拍子的感覺可能確實有出來，不過這種情況聽起來反而輕薄。不是咚咚地，沉重有力的腳步聲，而是蹦蹦跳的腳步聲。因此，這種調子的文章比第「一」的文體要求更大的東洋式沉默寡言和簡潔。無論哪一種都該禁止採用西洋流的說話方式。就以志賀氏的作品為證，其中看物的感覺裡有近代人的纖細，不可否認有受到西洋思想的影響，但那寫法卻是東洋式的，可以說將漢文所擁有堅硬、厚重，和充實的味道，移入口語體中了。

三　冷靜的調子

出現在文章的調子中作者的氣質，可以大別分為《源氏物語》派即流麗派，和非《源氏物語》派即簡潔派，要細分的話還可以延伸出幾種，不過我想總之不會超出這兩種。不過，除了這個之外還可以想到所謂冷靜的調子。

換句話說就是**沒有調子的文章**。大多的人所寫的文章，不是流麗的，就是簡潔的，此外不管好壞，雖然可以感覺到某種**語言的流動**，但有人會寫時間停止流動的文章。這種文章，在型態上有的接近「一」，有的接近「二」各有不同，初學者可能不容易辨識，不過仔細讀之後，就會知道完全沒有**流露感**。就像畫了溪流的畫一樣，雖然呈現流動的形式，然而卻以那形式停止著。不過並不是沒有流露感就一定是惡文。也有所謂**流**

動停滯的名文。而那最傑出的作品，就像充滿深淵的清冽潭水那樣，一直沉澱停在一個地方，像鏡子那樣安靜的表面清晰地映照出萬象的形影，所寫的東西一目瞭然，因此連讀者的腦子裡好像都被整理得條理清晰了似的。

大體說來，寫沒有調子的文章以學者出身的人比較多。例如以前流行擬古文的時代，國學者在作和文時，經常出現這樣的情形。學者因為知道文法、字句用法，和各種修辭技巧，因此無論流麗調、簡潔調，任何一種都可以在不同的時候寫得出來。於是，文體看來中規中矩，無懈可擊，但讀起來卻少了最重要的流露感。整體調子是死的，換句話說成為畫中的溪流。這是不好的例子，至於好的例子，譬如寫出像深淵的水那種名文的也是學者居多。理所當然，學者被要求觀察事物要客觀，以清晰的頭腦下判斷，與其熱情不如保持精神的平衡和冷靜，因此寫的東西自然也會變成那樣，這還是屬於體質問題。

以前我讀過某一本書，提到德國著名哲學家康德的文章乾燥而帶有光輝，可能就是指在這裡所說的那種文章。不，不只有康德，偉大的哲學家的文章必然不得不這樣。

那麼，讓這一派名家的筆寫起來的話，世上動的模樣，無論是戰爭、爆炸、噴火、地震，悉數化為肅然靜止的狀態重現出來。不管是多麼雜亂混雜喧鬧騷動的樣相，那混雜都會去掉，音響會消音，秩序會調正，一切像雕刻的石像般被寂靜地描寫出來。藝術家和學者出身的人作品有這種傾向，像《漾虛集》時代漱石的作品，像《薤露行》、《倫敦塔》那樣的作品，就是標本。鷗外也是，我在前面把他加進非《源氏物語》派中，但也不能一概稱為簡潔派。我想應該屬於冷靜派。我們看看第八十三頁所顯示的《即興詩人》的一節，也會有這種感覺，如果讀了《阿部一族》和《高瀨舟》、《山椒大夫》、《雁》等小說的話，應該就能更清楚地感覺到了。

這樣對調子的分類大致已經結束，不過現在再補充另外想到的一點，就是「一」流麗調的變形。

四　飄逸的調子

以南方熊楠的隨筆和三宅雪嶺論文的文章最接近這種。小說家我想不起符合的例子，不過我相信像武者小路實篤有一段時期的作品，佐藤春夫的《小妖精傳》，就略具這種趣味。

這種調子雖然是流麗調的變形，不過正如名稱一樣有飄飄然無從掌握的地方，因此無法說明技巧。總之，這要寫來不能有絲毫物慾。尤其想要寫名文的野心更是最要不得。此外，想對世道人心有所助益，想去除社會的惡害之類，一切俗世的諸般俗心都必須斷絕才行。換句話說，繃緊神經、競爭好鬥、幹勁十足，這些都是禁忌，凡事要不動氣、不蠻橫、輕鬆放手，以像仙人般的心境去寫。因此這不是能夠教得了學得會的東西。只要達到這樣的心境，不管用什麼樣的寫法，都自然會寫出這種調子，如果想要這樣的話，或許去修行禪道是捷徑吧。

不過，這才正是真正東洋人所擁有的味道，也不妨說西洋文豪幾乎沒有一個人擁有這種風格。

此外，「二」簡潔的調子也有一種變形。就是：

五　粗糙的調子

這如果不用心讀的話會感覺像惡文。事實上，也可以稱為惡文，不過和原本的惡文不同的是，寫作者特別避開流麗調子和簡潔調子，刻意寫出生硬粗糙像難走的凹凸不平的路那樣的文章。因此這個人並不是不知道音調的美。他明明理解這樣的感覺，但由於某種目的而故意寫出不好讀的文字。因為，如果寫得滑溜溜太流暢的話，讀者會被那調子所吸引而一口氣讀下去，恐怕來不及深入體會一句一句的意思。像搭上輕舟一樣順著平緩的溪流飄下，雖然漂流本身是一種快感，然而兩岸的風景，山色、森林、樹海、丘陵、村落、田園等，是什麼樣子，通過之後再回想時，因為應接不暇記憶中竟沒有留下任何印象。像七五調的文章就最容易掉入這樣的弊端中，馬琴的小說也是這樣，讀起來，調子非常爽快，內容卻流於空疏。然而近松門左衛門是淨瑠璃的作家，在《難波土產》中說，七五調太過於流暢，最好避開不用。

簡潔派的作家也因為這樣的理由而說討厭流麗派的文章，粗糙派的作家，認為簡潔派的文章都還過於流暢。原來如此，和流暢派比起來，簡潔派的寫法沒有那麼滑溜溜的。在一些地方會把流動感阻擋下來，設堰阻流讓旅人更有餘裕欣賞兩岸風光景物。雖然如此，流勢本身仍有快感。就算不是一味平順，但每隔一丁、兩丁的距離就會碰到岩石形成湍急的奔流，旅人會因為那流勢的爽快而恍惚，稍一不留意就疏忽了觀察陸地。這時候，要想讓他們看清楚陸地，最好完全不要給予流動的快感，這是粗糙派的想法。

因此這派的人，故意不理會、不喜歡節奏感。覺得稍微在往前進時，立刻又往左邊敲敲往右邊打打地寫。讀者在所到之處老是跌跌撞撞的不得不踢到石頭、掉落洞穴，絆到樹根。不過正因為進行被像這樣阻擋之後，那洞穴、石頭、樹根才留給人忘不了的印象。因此這樣的寫法，並不是像「三」冷靜派那樣的沒有調子。而是本來對調子這東西敏銳的結果，反而抹殺調子，因此稱為「粗糙調子」，會產生一種粗魯生硬，有味道的調子。為了達到這樣的目的，不僅把節奏，也就是音樂性要素弄得粗粗糙糙的，連視覺性要素，文字的使用，也特別用片假名，或鑲上奇怪的字，或把唸法改變，或把字面弄得雜亂無章等手段。猛一看好像是頭腦不好的人寫的拙劣的文章，儘管如此在這樣的用心之下所寫的惡文，應該可以說是**惡文的魅力**，能夠強烈吸引讀者。

像以上所說的那樣，看似雕蟲小技，令人感覺是技巧性的東西，其實這也和體質有關，並不是本人拘泥於那技巧，而是自然寫出來的。因此我有時候會想打破自己文章的類型，試著逸出調子外去，結果卻寫出怪無精打采，有氣無力的東西，非但未能寫成放得開的惡文，而且魅力也完全出不來，目前為止，天生的粗糙派只有瀧井折柴一個人而已。

我想沒有必要再細分下去，就到此為止，不過我要事先聲明的是，並不是所有的作家都判然屬於這五種。所謂體質這東西雖然是天生的，但也會因為這個人的境遇、年齡、健康狀態等因素而產生後天的改變。因此，年輕時候屬於流麗派，年紀增加後變成簡潔派，或相反，各種情況都有。不過實際上，純粹屬於一方的作家很少，或流麗調三分簡潔調七分，或冷靜調五分簡潔調五分，以這樣的情況混雜著。此外像幸田露伴那樣雖然是不比鷗外差的學者，但他的調子卻不冷靜，反而是熱情的，兼具流麗和簡潔的特色。

純粹的作者，宜取其生性純淨清澄的地方，混雜的作者，則可以取其富於多角變化的地方，各有他們優美的點，不能一概斷言誰比較好。但我讀歌德（Johann Wolfgang von Goethe）的作品，雖然沒有讀過原文，不過從英文譯本和日文譯本所得到的印象，同一篇文章，每變換觀點時，感覺有時像流麗調，有時像簡潔調，有時又像冷靜調。這三種優點，似乎都分別十分完全地具備。像這樣稀有的名文，正說明了作者天生才華的豐饒。

◎文體

所謂文體，指文章的型態，或姿態，老實說，在前面的「調子」項目中，幾乎已經說盡了。為什麼呢？因為無論用所謂調子，或所謂文體，只是從不同角度看同一件東西而已，實質上並沒有改變。某一篇文章的寫法，以語言的流動來看，以那流露感來論述稱為調子，把那流動以一種狀態來看的話，就成為文體。因此流麗調、簡潔調、冷靜調，也可以直接稱為流麗體、簡潔體、冷靜體。

不過，要衡量一件物體，有各種尺度。要丈量一匹布料，可以用鯨尺裁斷，也可以用公尺裁斷。要區分文體，可以用調子為標準來分，也可以用樣式為標準來分為文章體、口語體、和文體、和漢混交體。而且，向來我們所謂的「文體」，多半指這種樣式上的分法。

然而，如果根據這分法的話，今天一般所採取的文體，只有一種，那就是口語體。到明治中期左右為止，有在口語體中加入文章體成為所謂的**雅俗折衷體**，應用在小說的文章中的，但那現在也已經消失了。

因此若要勉強分類的話，可以把這口語體再細分為幾種，我假定分為以下四種：

一　**講義體**

二　**兵語體**

三　**口上體**

四　**會話體**

整體說來，我們把今天所使用的文體稱為口語體或言文一致體，也就是白話體，但嚴密地說絕對沒有依照口頭說的那樣化為文字。比起文章體，當然已經大為接近口語了，但還是可以視為一種文章體。那麼我的分類法，就是以和實際上和口語的距離長短為準，或許名稱取得不太恰當，但因為想不起其他名字，就暫且這樣稱呼了。

一　講義體

這和實際上的口語離得最遠，因此也是離文章體最近的文體。

現在，把以下的文章「他每天去上學／彼は毎日学校へ通う」改為口語文，如果用講義體的話，像這樣以現在式化為單純的文章，就跟文章體完全相同。

他每天去上學。

彼は毎日学校へ通う。

其次過去式

彼は毎日学校へ通ひたりき。

改成：

彼は毎日学校へ通った。

其次未來式

彼は毎日学校へ通ふらん。

改成：

彼は毎日学校へ通うであろう。

此外如果是形容詞結尾的文章的話，就像——

他很聰明。

彼は賢し。

彼は賢かりき。

改為：

彼は賢い。

彼は賢かった。

這是講義體最單純的形式，但實際上，為了達到強化句尾的目的，而加上「のである」、「のであった」、「のだ」、「だった」等的情況很多。

彼は毎日学校へ通うのである。

————————のであった。

————————通ったのである。

————————通ったのであった。

——————————通うのだ。

——————————のだった。

彼は賢いのである。

————のであった。

————賢かったのである。

————————のであった。

我們日常以個人為對象說話時，不會用這種方式。但在很多聽眾前面說話時，尤其教師站在講台上講課時，通常會採用這種說法，多少伴隨一點儀式性誇張感覺。

本來，文章與其說以個人為對象不如以公眾為對象的場合比較多，因此採用這種講義體也很自然。今天一般普及的口語文，大部分屬於這種。那麼也不妨說講義體就是現代文，自從紅葉露伴以後，明治大正期諸文豪的散文文學，幾乎都是以這種文體寫的。

二　兵語體

這種文體以「でありますdearimasu」、「でありましたdearimashita」代替「であるdearu」、「であったdeata」。這最單純的形式就變成這樣：

彼は学校へ通います。

————通いました。

彼は賢くあります。

如果不這樣，也可以把講義體的「のであるnodearu」、「のであったnodeata」直接改成「ありますarimasu」、「ありましたarimashita」，成為這樣。

通うのであります。
通ったのでありました。
賢いのでありました。

這種說法，是在軍隊裡士兵向長官報告時所用的，不僅略帶誇張的儀式感，還含有禮貌的敬意，殷勤的用心。因此比講義體聽起來優雅親切，雖然沒有被太廣泛應用，但依然正逐漸普及中，中里介山的《大菩薩嶺》，還有本《文章讀本》的文體也屬於這種。

三　口上體

這是將「ありますarimasu」、「ありましたarimashita」改成「ございますgozaimasu」「ございましたgozaimashita」使用，比兵語體更禮貌的說法。這種說法，主要是都會人在出席正式場合時，口頭敘述、互相打招呼時，現在依然採用的。而且有些過於禮貌的人，在講義體上加「ございますgozaimasu」成為：

通うのでございます。

通ったのでございました。

這樣還不滿足，更加上兵語體成為：

通いますのでございます。

通いましたのでございました。

更極端的還有說「ございますのでございます」的。這就太迂迴，太長了，我想久

保田萬太郎用過一次，如果不是相當特異的作家，是不會這樣用的。

不過迂迴說法並不限於口上體而已，講義體和兵語體可以說多少也有這種弊病。因為可以用「あるaru」、「あったa-ta」結束的地方，如果養成想要用「あるのであるarunodearu」、「あるのであったarunodea-ta」、「たったのであったta-tanodearimashita」、「あるのでありましたarunodearimashita」、「ありましたのでありますarimashita-nodearimasu」的癖性之後，如果不寫成這樣就會不安，於是不知不覺就容易寫長了。不但這樣，以上三種文體，句尾的發音因為以「るru」、「たta」、「だda」、「すsu」等聲音重複的情況很多，有時固然方便，不過在比較文章體時，由於形式極為限定，而有缺乏變化的缺點。於是，為了避免這種拘束說法和結尾方式，乾脆照談話時說的那樣，自由寫如何呢？就是以下的：

四　會話體

這才應該稱為**真正的口語文**（也就是白話文）。

事實上各位平常說話的時候，句子結束時聲音更有變化。例如他每天去學校，不太

會規規矩矩地說「彼は毎日学校へ通う。Karewa mainichi ga-kouhekayou」，而會說「通っているさkayo-teirusa」，或「通うんでねkayounndene」，或「通いますよkayoimasuyo」，或「通うんだからなあkayounndakaranaa」，語尾會附加各種不同表情的發音。此外如果是女性的話，則可能會說「通うわkayouwa」或「通うわよkayouwayo」或「通いますのkayoimasuno」或「通いますのよkayoimasunoyo」，這些「さsa」、「ねne」、「よyo」、「なあnaa」、「わwa」、「わよwayo」、「のno」、「のよnoyo」之類的，絕對不是附加上沒有意義的發音。還是可以表達語尾語氣的加強、減弱，或其他像挖苦、撒嬌、諷刺、反對，或不想清楚表達的微妙心情。我前面說過，以口頭說的時候，因為加上那個人的聲音、話和話間的抑揚頓挫、眼神、臉上表情、身體動作、手勢等，文章卻沒有這些要素，但現在可以在那文章中**補上這些聲音**，加上原來沒有的要素，**多少達到讓讀者想像那被寫人的聲音和眼神之類的東西**。各位看到寫成「通うんだからねkayounndakarane」可能會想像那是男人的聲音，寫成「通いますのよkayoimasunoyo」則可能想像成女人的聲音。這樣想下去，根據這些聲音，甚至也可以辨別出作者的性別來。

在這裡，男人說的話和女人說的話不同的地方，是日本口語才有的長處，除了日本以外可能沒有其他國語是類似的。

例如英語：

He is going to school every day.

（他每天去學校。）

以肉聲聽起來，雖然可以知道是男人或女人說的，但文字讀起來（除了主語）卻不知道是寫男的或女的。然而如果以日本語的會話體來寫的話，卻可以清楚地區別。

此外這文體，並沒有特別說是「會話體」的特別樣式，而是將講義體、兵語體、口上體，各種文體交錯混合使用。而且，句子在中途忽然切斷，或從中間開始都沒關係。因此，可以用名詞結束也可以用副詞結束，最後出現的品詞可以多樣混雜。現在，重新細數這些特長可以舉出有如以下：

一　說話可以自由轉變

二　句子結尾的聲音有變化

三　可以實際感覺到那個人的語勢，而想像微妙心情和表情

四　可以區別作者的性別

試想一想，佐藤春夫說過「文章應依照口頭說的那樣寫」，可能是留意到有這些長處的結果。不過這句話本身也有程度限制，實際上如果依照說話的樣子寫，會有不必要的重複、粗野的用語、語脈的混亂，很多其他各種徒勞無益和不得體的地方，這從閱讀議會的速記紀錄等就可以明白。

不過當我想到講義體和兵語體的不自由時，就會想到有沒有適當方法可以把會話體的自由說法，引進現代文裡來用。這種文體，在一般的文章上沒有用，卻往往在私人信件，也就是書簡文中可以看見，在女學生之間的信件上似乎最常見。此外，在講談（說書）和落語（單口相聲）的筆記上，當然也被採用。因此，參考這種文件，繼續研究應用範圍和方法，無論對寫小說或用在論文、感想文上，一定不會白費心力。

今天我們已經失去音讀的習慣了，卻不能完全不想像聲音這東西而讀。人們在心中發出聲音，然後以心的耳朵一面聽一面讀，就像在前面已經說過的那樣，**那麼我們會想像男女的哪一方的聲音一面讀嗎？**女讀者不知道會怎麼樣，不過我們男人在讀的時候，會想像男人的聲音（很多情況是自己的聲音），不管寫的人性別是什麼。但，如果所有文章都表現出作者性別的話會怎麼樣呢？**我們難道不會把男作者寫的東西想像以男人的聲音聽，女作者寫的東西想像以女人的聲音聽一面讀嗎？光考慮到這一點，會話體的應用意義就相當深了。**

◎體裁

這裡所謂體裁，指文章的一切視覺性要素，可以分類如下：

一　漢字的注音，振假名和送假名的問題

二　漢字和假名的搭配法

三　印刷字體的形態問題

四　標點符號

我在第三十五頁說過，語言這東西是非常不完全的東西，所以我們不妨動用能夠訴諸讀者眼睛和耳朵的所有要素，來補足這不足。此外三十七、八頁，提到字面這東西無論是好是壞，都一定會影響到內容，尤其像我國這種象形文字和音標文字混用的情況更是這樣，因此會考慮讓這影響，符合寫該文章的目的也是當然的。所以，雖說是體裁，其實也可以視為內容的一部分，絕對不可以輕忽。

一　漢字的注音，振假名和送假名的問題

以前故芥川龍之介說過「對讀者最親切的方法，是全部漢字都附上注音假名（振假名）」，確實說得很好，不但對讀者親切，而且這樣做對作者來說麻煩也最少。

例如我的小說標題有叫做「兩個幼兒」（二人の稚児）的，我希望讀成「フタリノ

チゴ futarinochigo」，不過受過相當教育的人有的會讀成「ニニンノチゴ nininnochigo」。這種錯誤，作者聽到的話會不太高興（良い気持ちはしない），而且在我們的口語文中常常發生。現在我寫到「良い気持ち」，連這個的讀法，都有人讀成「ヨイキモチ yoikimochi」，有人讀成「イイキモチ iikimochi」。而且非常麻煩的是，容易讀的文字反而比難讀的文字容易出錯，難的文字幾乎都有一定的讀法了，如果不懂的話會想查字典，讀者也會注意，但容易的文字，作者卻會疏忽而不加注讀音，查字典也有很多種讀法。

最近的例子，就拿「家」來說吧，這應該讀成「イエ ie」或「ウチ uchi」，如果沒有附註的話，大概的情況就不知道。還有「矢張」應該讀成「ヤハリ yahari」或「ヤッパリ ya-pari」？「俺一人」該讀成「オレヒトリ orehitori」或「オノレヒトリ onorehitori」或「オノレイチニン onoreichininn」？「如何」該讀成「イカガ ikaga」或「イカン ikann」或「ドウ dou」，「何時」該讀成「ナンドキ nanndoki」或「イツ itu」？這些讀法都可以讀，不照作者指定的讀法讀也不能算錯，而且跟教育水準沒有關係。可是對於高級文藝作品，這些看似沒什麼重要的文字讀法的適合與否，有時候對文章的調子和氣氛

卻有重大影響，因此以作者的立場來說不得不神經質。那麼，從這樣的觀點來思考的話，全部附上注音假名確實可以說是比較安全的方法。

然而，這裡又產生字面上的問題了，全部加注音假名的話，字面上的美感所帶來的快感，大半以上都不得不犧牲。這麼說是因為，大體上今天報章雜誌所用的活字字體大小，如果是英文不用說，如果是用漢字多的日文的話，就不適合這樣做了。像那樣小的字體，除非採用高級紙質新鑄鉛字鮮明印刷，否則筆劃細的文字，油墨稍微太濃或太淡筆劃都會變得看不清楚，就算能判讀出來，字面也往往變得很醜，實在無法體會到漢字的魅力。這種傾向最近變得越來越強，明治時代五號鉛字比現在組合得寬鬆，現在採用所謂point，線條更細、字型更小的鉛字。而且報紙段數增加，字排得更密的關係，特別鑄造更短的鉛字。於是，本來字面已經看起來髒髒的，這些字的旁邊還要加注更小的發音假名時，一不小心就會出現一團黑的小丸子來。因此今天，通俗的報紙對這種醜陋又麻煩的做法也難以忍受，而開始限制注音假名的數量了。

通常單行本書籍都比定期出版的報章雜誌印刷清楚，字面也漂亮，有一些文藝作品，例如泉鏡花、宇野浩二、里見弴等流麗調的文章，採取全部注音也不妨。為什麼呢？因為這一派的文章，沒有必要一字一字看得清楚，反而希望整體讀起來流暢，不希望讀者因為難讀的文字不會讀而停滯下來，因此把讀法顯示出來也是一種手段。不僅這樣，注音假名也可以多少緩和漢字的生硬感，並扮演銜接的角色使漢字與平假名之間接續得更渾然一體。但和這相反，簡潔調的文章，注音假名所擁有這方面的效果反而非常有害，這時候，希望字面保持清潔，除了必要的文字之外，紙面上必須保持盡量潔白，因此活字周圍就算有一點黑色斑點，都會顯得無趣。此外，讀者遇到難讀的字就停滯下來也毫不妨礙，反而因此加深印象。這在冷靜調方面也一樣，因為本來就是理智性的文章，所以比簡潔調更需要字面的清澄和透明，如果像漱石的《薤露行》那樣的文章全部加注音假名印刷的話，藝術價值可能會減半。

印刷工人稱呼注音假名（振假名）為**寶石**，全部附加的振假名稱為**總附寶石**，有些地方加有些地方不加稱為**散寶石**。現代文藝作品用得最多的是這種散寶石的方法。不過哪些文字要加寶石，哪些文字可以略過不加，要定標準也比想像得困難。因為前面也說過，與其難的字不如簡單的字不容易判讀反而需要注音，往往在讀者預料不到的地方出現誤讀的情況。

以前我曾經立下一個方針，字典可以查到的字不加寶石，反而在像剛才說過的「家」、「如何」、「何時」、「己」、「一人」、「二人」之類多種讀法的地方加注讀音。不過這也有不方便的地方，假定在「家」的地方加了「イエie」，並不代表作者每逢「家」都希望讀者讀成「イエie」。同一篇作品之中，有些地方希望讀成「イエie」，有些地方希望讀成「ウチuchi」，因此為了區別該讀成「イエie」的地方，和該讀成「ウチuchi」的地方，就必須在所有「家」的字旁附加注音寶石才行。何況有這種必要的文字種類層出不窮，如果全部都附加寶石的話，相當麻煩，而且體裁上也不美觀。

那麼，注音假名怎麼樣都不理想，除非真的必要否則不加，於是又產生新的難題了，第一個就是**送假名**（漢字接續讀法假名）。

如果依照芥川的說法全部施加注音假名的話，送假名要依照國文法所定的假名使用規則，只加在動詞、形容詞、副詞等語尾變化部分，語尾不變化的名詞等則可以完全不加。但是，在已廢止振假名的情況，卻發生不能只依賴文法的情形。例如「コマカイkomakai」這個字，應該寫成「細い」才正確吧。但這樣寫的話有讀成「ホソイhosoi」的可能，為了防止這樣不得不寫成：「細かい（komakai）」。

但這樣一來，為了保持統一起見，像「短い」、「柔い」的情況自然會想也該寫成「短かい」、「柔かい」。此外「クルシイ kurushii」的文字就該寫成：「苦い（kurushii）」但為了避免讀成「ニガイ nigai」，不得不寫成「苦しい（kurushii）」。「酷い」為了防止讀成「ヒドイ（hidoi）」，而寫成「酷ごい（mugoi）」。「賢い」也為了防止讀成「サカシイ sakashi」，而寫成「賢こい（kashikoi）」。

於是，這些形容詞和擁有類似語根的形容詞，如果不採用同樣的送假名的話會不整齊。但，這樣一來所有的形容詞都可以像這樣寫成「長がい nagai」、「清よい kiyoi」、「明るい akarui」，結果就變成看寫作者的心情本位了。

和動詞一樣，「アラワス arawasu」的字寫成「現す」是正確的，但假設有這樣的句子：

觀音樣がお姿を現して

這裡讀到的「現して」有人讀成「アラワシテ arawashite」，有人讀成「ゲンジテ genzite」。那麼為了防止這樣，而寫成「現わして arawashite」。

此外，如果「アワヲクラッテ」的句子寫成「泡を食って」的話，讀成「アワヲクツテawawoku-te」的人可能很多。因此也應該寫成「泡を食らってawawokura-te」。這樣一來，像「働らいてhataraite」、「眠むってnemu-te」、「勤とめてtutomete」這樣的送假名也成立，這也變成各自可以依照自己喜歡的方式去做了。

像這樣語根的發音有必要加上送假名的注音情況，並不限於動詞、形容詞，名詞也常常發生。我擔心「誤」這個字，有人會讀成「アヤマチayamachi」，因此寫成「誤りayamari」，於是很多動詞形的名詞也養成加上送假名的習慣了。此外，「後」這個字，可以讀成「ノチnochi」、「アトato」、「ウシロushiro」，所以在希望讀成「ウシロushiro」時，我到現在都常寫成「後ろushiro」。

「先」這個字希望不要讀成「センsenn」而讀成「サキsaki」時我會寫成「先きsaki」，希望讀成「サッキsa-ki」時，我會寫成「先ッキsa-ki」或「先っきsa-ki」，這實在太滑稽了，所以最近已經改用假名寫。不過，類似的滑稽事情可以在日常的報紙雜誌上頻頻見到，最極端的例子像寫成「少くない」，有人不注成少(すくな)くない（不少），卻注成少(す)くない（少）。雖然費心地加注發音假名竟然犯下這樣的錯誤，反而成為笑柄，不過連帶考慮到上述情節時，也不能一概取笑別人。

現在，我只舉出眼前心裡想到的兩三件不恰當的地方來而已，如果仔細查出現代口語文加注假名的混亂和不統一，真是沒有止境。因此而有芥川說的全部附注寶石說的卓見令人感嘆，此外這個問題，牽涉到漢字和假名的搭配問題，就更麻煩了。

二　漢字和假名的搭配法

首先請各位注意以下的字面有兩種讀法。

生物　イキモノ ikimono
　　　セイブツ seibutu
食物　クイモノ kuimono
　　　ショクモツ shokumotu
帰路　カエリミチ kaerimichi
　　　キロ kiro
振子　フリコ furiko

シンシ shinnshi

生花　イケバナ ikebana

セイカ seika

捕縄　トリナワ torinawa

ホジョウ hojouu

往来　ユキキ yukiki

オウライourai

出入　デイリ deiri

シュッニュウ shu-nu-u

生死　イキシニ ikishini

セイシ（ショウシ）seishi（shoushi）

往復　ユキカエリ yukikaeri

オウフク oufuku

這些字面，沒有施加注音假名的時候，以音讀或以訓讀都隨讀者自己決定，沒有別的方法。因此，如果作者希望讀者以訓讀（和式讀法）來讀的話，就必須在構成這些名詞的動詞上加「送假名」，寫成這樣：

生き物 ikimono
食い物 kuimono
帰り路 kaerimichi
振り子 furiko
生け花 ikebana
捕り縄 torinawa
行き来 yukiki
出入り deiri
生き死に ikishini
往き復り yukikaeri

以前，我希望讀者以音讀來讀時，不加送假名，希望以訓讀來讀時才加送假名。「生花」，一定寫成「セイカ seika」，讀成「イケバナ ikebana」就錯了，「出入」一定要讀成「シュッニュウ shu-nyu」讀成「デイリ deiri」就錯了，如果這樣確定下來的話，就可以避免字面上的紛擾錯亂，不過這裡也產生新的麻煩，就是像以下這些字又該怎麼辦呢？

指物
死水
請負
振舞
抽出

這些只好寫成像這樣：

指し物 **yubisashimono**
死に水 **shinimizu**
請け負い **ukeoi**
振る舞い **furumai**
抽き出し **hikidashi**

否則被讀成「シブツ **shibutu**」、「シスイ **shisui**」、「セイフ **seifu**」、「シンブ **shimbu**」、「チュウシュツ **chyushutu**」確實也沒辦法。

可是要徹底實行這樣的寫法時，像「股引き **momohiki**」、「穿き物 **hakimono**」、「踊り場 **odoriba**」、「球撞き **tamatuki**」、「年寄り **toshiyori**」、「子守り **komori**」、「仕合い **shiai**」這些還好，但也出現像「場合い **baai**」、「工合い **guwai**」這樣的字面。理論上雖然說得通，但這也很麻煩。不只是這樣，還有一些組合像「若年寄 **waka-doshiyori**」、「目附 **metuke**」、「関守 **sekimori**」、「賄方 **makanaikata**」，因為字面中含

有過去的歷史、習慣和傳統，這些該當成例外處理到什麼程度才好，也全憑作者當時的心情，標準不一，終究無法統一。

此外，很多情況和音讀訓讀都沒關係，只要斟酌語言的意思來搭配漢字。例如寫成這樣：

寢衣（ネマキ nemaki）

浴衣（ユカタ yukata）

塵芥（ゴミ gomi）

心算（ツモリ tumori）

姉妹（キョウダイ kyoudai）

母子（オヤコ oyako）

身長（セイ sei）

泥濘（ヌカルミ nukarumi）

粗笨（ゾンザイ zonnzai）

可笑しい（オカシイ okashii）
怪しい（オカシイ okashii）
五月蝿い（ウルサイ urusai）
酷い（ヒドイ hidoi）
急遽に（ヤニワニ yaniwani）
威嚇す（オドス odosu）
強要る（ユスル yusuru）

這些漢字的配法，並沒有一定的方針，有像「五月蝿い」這樣異想天開的文字意思是糾纏得很煩人，也有不少像謎語般難解的。就這樣，像「寢衣」、「浴衣」這些已經大致普及，但也有一些像垃圾，就有人寫成「塵芥」，有人寫成「塵埃」。吵鬧「yakamashii」有人寫成「喧しい」，有人寫成「矢釜しい」。威嚇，有人寫成「威嚇す」，有人寫成「嚇す」。強求，有寫成「強要る」、「強請る」、「脅迫る」等。

然而，這些文字中，有送假名的動詞、形容詞還算比較不會讀錯的，雖然如此還是

有像「酷い」等字，也可以讀成「ムゴイmugoi」的情形。有些時候沒有附加送假名的字面，被讀成「寢衣シンイshinni」、「浴衣ヨクイyokui」、「塵芥ジンカイjinnkai」、「シンサン心算shinnsann」、「姊妹シマイshimai」、「母子ボシboshi」、「身長シンチヨウshinnchou」、「泥濘デイネイdeinei」、「粗笨ソホンsohonn」、「急遽キュウキヨニkyukyoni」，也是沒辦法的事。

森鷗外對這種問題設想得相當周到，讀他的小說和戲曲時，就可以知道他的漢字和假名的用法有多麼講究。這未必只因作家的博學。從前的作家有一點半吊子的學問時，就喜歡發明獨特的漢字配法（宛方）要人家勉強照讀，反而助長不統一的狀況。鷗外卻不然，他似乎對日本語文的性質深入思考，充分了解文字使用的困難情況，加以整理並試圖建立一套確實可行的一定方針，以克服這些困難。其實，我對鷗外的文章，還沒有從這方面重新閱讀，所以無法明白多說什麼，讓文法學家來看，在各方面我想可能都是最少瑕疵的口語文。而且如果有涉獵他的文藝作品，有系統地仔細閱讀他的文章結構、語法等的話，相信一定能寫出口語文法得體的文章。關於他的送假名的正確使用，

謹以我所記得的試舉二三例子，像「感心しない」、「記憶しない」之類的情況，鷗外一定會依照サ行變革的動詞規則寫成「感心せない」、「記憶せない」。此外，過去寫成「勉強しやう」、「運動しやう」等的場合，鷗外會寫成「勉強せう」、「運動せう」。這「せう」拉長來看，就寫成「勉強しよう」、「運動しよう」了。此外，對面的山丘，對面的河寫成「向ふの丘」、「向ふの川」的情況，可以視為「向ひの丘」、「向ひの川」的「ひ」音便，寫成「向うの丘」、「向うの川」。像這樣鷗外的假名使用，對以往不注重這方面的近代年輕作家無形中產生感化作用，有些人到現在依然沿襲這樣的做法，想到多少能保持幾分統一的情況時，我們就不能忽視他在這方面的功績了。

那麼，剛才所提到紛歧的配字方法（宛方）是如何處理的呢？像這些字寫成：

浴衣

塵芥

寢衣
酷い

他寫成：

湯帷子
五味
寢間着
非道い

其中為了防止把「湯帷子」的文字讀成「ユカタビラyukatabira」，我記得他還加註「ゆかたyukata」的注音假名。大體上這樣寫的話注音假名的必要性就會減少，好了就算把「湯帷子」讀成「ユカタビラ」，總比配上「浴衣」二字合理，所以還可以忍受。

換句話說，鷗外的漢字配法，與其說斟酌意思，不如說**追溯該語言的由來，從語源上配**

以正確的文字。只要追隨這樣的方針，「心算」就不得不寫成「積り」，「急遽に」就不得不寫成「矢庭に」，「強要る」也就不得不寫成「摇する」了吧。此外意思表示女性兄弟的姊妹「キョウダイ」，也一定要用「兄弟」的漢字來配，母親和孩子意思的「オヤコ」用語，也一定用「親子」的文字來配。

這表示不要勉強被當場的意思所囚禁，有些勉強把字義（訓）不合的漢字拿來鑲嵌，才會造成不合理和雜亂的現象。那麼，如果一定要表示是女的兄弟的話，可以用「女の兄弟」或用「姉妹」或用「姉と妹」。如果想明白表示母親和孩子的話，可以用「母子」或「母親と子」。此外像「泥濘（ヌカルミnukarumi）」、「粗笨（ゾンザイzonzai）」、「可笑しい（オカシイokashii）」、「五月蝿い（ウルサイurusai）」等找不到適當漢字搭配時，就決定用假名來寫。這是我大體上的想像，說到鷗外的方針，我想首先應該有像這樣的前提主張。

我從鷗外的這種寫法得到莫大的啟示。雖然無法企及，但自己也決心學習他，曾經照著實行了一段時期。因此直到現在，確實還有一大部分仍然受到他的影響，不過在各種場合難以判斷的地方還很多，一直繼續發生重新陷入迷惑的情況。不過，這似乎不是因為自己欠學和魯莽的關係。要舉例一一說明恐怕過於冗長，簡單說就是，漢字和假名使用的難關，無論用任何方法，都會留下問題。

如果徹底貫徹鷗外流的寫法的話，單衣「単衣」會寫成「一と重 hitoe」，夾衣「袷」會寫成「合わせ awasei」，家「家」會寫成「内 uchi」，但實在沒辦法完全實行到這麼徹底的地步。

大體所謂訓，或漢字的訓讀這東西，思考源流的話還是要取漢字的意思，也就是字義的讀法，把可以符合這意思的日本語拿來鑲嵌進去，因此和今天把桌子「卓子」讀成「テーブル table」，把公共汽車「乗合自動車」讀成「バス bus」，情況並沒有多大的改變。那麼「家」這個字要說非讀成「イエ ie」不可也沒道理，不能說新的訓就不是訓。「単衣」、「浴衣」等，也分別可以被認為是這兩個漢語的訓讀法。這種想法類推下去，最後就變成沒有什麼確定的訓讀法，只要沒有錯誤任何讀法都可以了。

此外，像「食い物」、「出入り」、「請け負い」之類的送假名讀音接續法是否適當，程度是否合宜，容易造成混亂，和用起來麻煩等問題，鷗外也無法解決，就算解決了，例如像火車臥鋪的「寝台」等字面，用「シンダイ shinndai」和「ネダイ nedai」兩

種讀法也情非得已。那麼，結果日本文章，讀法十分分歧是無論如何都防止不了的。於是我們乾脆放棄為了讀法去找合理漢字來搭配的企圖，最近從完全別的方向假設出現一種新主義。也就是說，我們只採取文章的視覺性和音樂性效果。換句話說，搭配漢字和假名光從語調方面，此外，也從字形美感方面來看，只把這些因素和內容所擁有的感情互相調和使用。

首先如果從視覺效果來說，牽牛花搭配的漢字有「朝顏」和「牽牛花」兩種，要表現日本風情的柔軟感時寫成「朝顏」，要表現中國風格的強韌感時寫成「牽牛花」。七夕所搭配的漢字通常用「七夕」或「棚機」，如果內容是偏向中國的故事時，不妨搭配「乞巧奠」的文字。

粗暴寫成「乱暴」，機敏寫成「如才ない」，不過戰國時代寫成「濫妨」、「如在ない」，所以歷史小說就根據後者寫。

假名的用法也根據同樣方針，以容易了解為主要著眼點的文章，注音假名標注仔細，注重特殊情調的文章，則在不背道而馳的情況下適度取捨。因此舉動有時寫成「振舞」，有時寫成「振る舞い」。

例如志賀直哉的《在城之崎》的文章中用了「其処で」、「丁度」、「或朝の事」、「仕舞った」等搭配漢字，但在想讓字面流暢，表現像寫假名時的感覺時，也不妨寫成「そこで」、「ちょうど」、「或る朝のこと」、「しまった」。

過去我在寫《盲目物語》這本小說時，盡量不用漢字，大部分用平假名書寫，因為體裁是採取戰國時代一位盲目按摩師年老之後述說自己過去的往事，目的是想達到上述那種視覺效果，此外還有一點，為了達到放慢整篇文章節奏的目的，也就是考慮到音樂性效果。換句話說，老人一邊搜尋著朦朧的記憶，一邊以衰老沙啞，很難聽懂的聲音，斷斷續續慢慢述說，因此為了傳達給讀者這種顫顫巍巍的語調，而多用平假名，刻意讓文章多少比較難讀一點。

此外，我在感受到「感ずるkannzuru」、感覺「感じるkannjiru」、沒感覺「感じないkannjinai」、感覺不到「感ぜないkannzenai」等區別，也在不同地方分別配合語感做不同運用。因此在同一篇文章中，用法也不一定要統一。

根據以上方針，注音假名（振假名）的問題就自然解決了，有時全部注音滿篇寶石，有時部分注音呈現散寶石都不妨。不過那要看和文章內容是否諧調，所以對讀者的親切與否，不必計算在內。如果一一在乎讀者是否讀對的話，要注意的地方就沒有止境，這不妨任憑讀者的文學常識和感覺去判斷。如果沒有這種常識和感覺的讀者，只好看成怎麼樣終究都沒有能力理解內容了。

這種做法，要說是方針確實可以稱為方針，實際上每個場合都各有不同的心情浮動變化，因此畢竟等於沒有方針。不過，反過來思考，**鷗外文字使用的精確，在於那森嚴而端正的學者肌膚感文章的視覺效果**，如果內容是熱情的東西的話，那樣透徹的用法，說不定會成為妨礙。

這麼說來，**漱石**的《吾輩是貓》的文字用法又有他獨特的地方，粗笨「ゾンザイ**zonnzai**」寫成「存在」，吵鬧「ヤカマシイ**yakamashi**」寫成「矢釜しい」，其中也有一些有點難以判讀的奇怪漢字，並沒有加注寶石。這種隨意任性的地方，和鷗外正好成為很好的對照，與他飄逸的文章內容完全吻合，和俳味與禪味相輔相成，現在都記憶猶存。

終究，我對文字的使用問題，完全抱持懷疑態度，沒有資格建議各位該如何如何。

各位要採取鷗外流、漱石流、無方針的方針流、都是您的自由。我只想提醒各位，這是多麼麻煩的事，希望多加注意而已。

此外，大阪《每日新聞》社，對自己報社的報紙所用漢字和假名的用法有法則規定，編了名叫"Style Book"的小冊子，發給公司同仁和相關人士，意見相當實際而穩當，如果能取得的話，建議您不妨參考看看。

三　印刷字體的形態問題

日本一般用的**印刷字體太小**，正如前面說過的那樣。我可能因為老花眼的關係，五號活字和九 point 的字，戴上老花眼鏡也難以分辨濁音符和半濁音符。以片假名印的西洋地名和人名等，音符部分常糊成一團漆黑，到底是「ナポリ」還是「ナボリ」，是「プルーデル」還是「ブルーデル」，用放大鏡看都分不出來。因此，至少希望單行本現在能讓四號字流行起來，可以嗎？歐美的文字小一點其實還沒關係，很多書籍卻以相當於四號字的大字印刷，反而日本卻很少這樣。為什麼呢？

如果用四號字的話，注音假名的印刷字體相對也會變大，就算全部加寶石應該也不會太難讀。

其次，印刷活字的字體，現在主要有明體字和粗體字兩種，西洋文字除了粗體字以外還有義大利體，加上德文字體，就有四種。詳情我也不清楚，像日本就有美術字體，有楷書、行書、草書、隸書、篆書、變體假名、片假名等各種字體，如果在視覺要素上不利用這些變化，就錯了。就我所知，佐藤春夫在《陳述》的小說中，就有用到片假名，後來很少見到。此外，變體假名的印刷體在某個時代也用到，隸書、行書等現在也常用在名片的印刷上，我想不妨更擴大應用範圍。

四　標點符號

我們在口語文中所使用的標點符號，有顯示句子終止的句號（。）、顯示句子段落分割的逗號（，）、區分單語的頓號（、）、加上引用的括弧（「」、『』）、和西洋輸入的問號（？）、驚嘆號（！）、破折號（——）、點線（……）總共八種。引用符號有代替方括弧「」的西式引號“”等，有人直接用，但還不是很普及。

不過，日文的文章前提上還不需要像西洋那樣的句子結構，所以我也不去區分這方面所使用的標點符號。雖說「。」是句子終止的符號，而「，」是區分的符號，但請看看像一百二十三頁《源氏物語》的譯文。那種情況，如果認定是三個句子的話，就在「無趣。」、「憂傷迷惑。」、「盡是悲傷的事情。」的地方斷句。如果認為那是一個句子的話，只在最後「盡是悲傷的事情。」的地方加句號也可以。如果認為這地方還沒結束的話，全部只用區別段落的逗號，也可以。有人覺得這樣反而留有餘韻。現在，我剛寫成「只用區別段落的逗號，也可以。有人覺得這樣反而留有餘韻。」但假如把從「如果認為那是一個句子的話，」一直連接到「留有餘韻」為止都沒有斷的話，中間句號也不妨改成逗號。因此，**所謂標點符號這東西也和搭配漢字和注音假名的使用一樣，終究不能以合理性概括。**

我把這些當成感覺性效果來討論，希望讀者繼續往下讀時，從調子上，能在這裡喘一口氣時加入句逗號，如果這氣希望短的時候用逗號，如果希望停長一點的時候則用句號。這種用法，實際上多半和句子的結構一致，但不一定完全一樣。我寫《春琴抄》這本小說的文章時，就是徹底以這樣的方針進行一種實驗，例如像這樣：

女人盲目又獨身的話要說多奢侈也很有限就算再怎麼恣意華衣美食也不過如此但春琴一家主人一人加上底下使用的五六人每月生活費用金額卻不算少數為什麼會這麼花錢和需要人手呢第一個原因是她有養鳥的嗜好其中她最鍾愛黃鶯。今日善啼的黃鶯一隻也有要價一萬圓的想必往日情況也不相上下。話雖如此今日和往日聽辨啼聲和賞玩方式似乎有幾分差異不過首先就以今日為例來說有嘰啾、嘰啾、嘰啾、嘰啾的啼法也就是所謂黃鶯出谷在飛越溪谷時的啼聲也有呵—奇—貝卡康似的啼法即所謂的高音，在呵—呵吉啾鳴的基本啼法之外如果有這兩種啼法的話價值就比較高這是一般野生黃鶯不會啼的偶爾會啼也不會啼成呵—奇—貝卡康而只會啼成呵—奇貝洽所以不清亮，貝卡康，能拉出這康的金屬性美麗餘韻是可以用人為手段來培養的就是把野生黃鶯的小雛鳥，在尾巴還沒長出來以前活抓來讓牠跟隨其他師傅黃鶯練習啼唱如果等到尾巴長出來以後才要教的話因為已經學會母親的粗笨啼聲便已經無法矯正了。

然而，這種標點符號的標法如果改為和句子結構一致的話，就會像下面這樣。

女人盲目又獨身的話，要說多奢侈也很有限，就算再怎麼恣意華衣美食也不過如此。但春琴一家主人一人加上底下使用的五六人。每月生活費用金額卻不算少數。為什麼會這麼花錢和需要人手呢，第一個原因是她有養鳥的嗜好。其中她最鍾愛黃鶯。今日善啼的黃鶯一隻也有要價一萬圓的。想必往日情況也不相上下。話雖如此今日和往日，聽辨啼聲，和賞玩方式，似乎有幾分差異，不過首先就以今日為例來說，有嘰啾、嘰啾、嘰啾、嘰啾的啼法也就是所謂黃鶯出谷在飛越溪谷時的啼聲，也有呵—奇—貝卡康似的啼法即所謂的高音，在呵—呵吉啾嗚的基本啼法之外，如果有這兩種啼法的話價值就比較高。這是一般野生黃鶯不會啼的。偶爾會啼，也不會啼成呵—奇—貝卡康，而只會啼成呵—奇貝洽所以不清亮。貝卡康，能拉出這康的金屬性美麗餘韻，是可以用人為手段來培養的。就是把野生黃鶯的小雛鳥，在尾巴還沒長出來以前活抓來，讓牠跟隨其他師傅黃鶯練習啼唱。如果等到尾巴長出來以後才要教的話，因為已經學會母親的粗笨啼聲，便已經無法矯正了。

這兩種讀起來比較看看或許就知道了，我少加句逗點的方法，主要著眼在第一，目的在模糊句子的分界，第二，目的在拉長文章的氣，第三，目的想帶出像薄墨般一口氣流暢書寫的，清淡，薄弱的情緒等之上。*

問號和驚嘆號，在西洋問號和驚嘆號的句子是一定要標注的，但在日本則以心情本位，不一定要照規則進行。那麼這些符號、點線和破折號等，應不同時候的需求不妨用來作為抑揚頓挫的記號，不過在日文字面上破折號看起來最漂亮，驚嘆號和問號稍一不小心就會顯得很難看。最近中文裡也很流行使用，連古典詩文都加上去。

白髮三千丈　緣愁似箇長！
不知明鏡裏　何處得秋霜？

看到這樣加上的符號，以漢文的字面來說，不調和的感覺就更明白了。整體說來日本的國民性是把高聲大喊，或以強迫語調詢問事情等，視為沒有品味的事，所以這種符號也盡量少用為妙。

只是關於問號也有例外的情形，會話體中有像「你不知道嗎？」或「知道嗎？」採取否定形乃至和肯定形同樣的疑問句。此外肯定的「嗯」或「噢」，在反問的時候，也會用到「嗯？」或「噢？」這些在實際會話中都以重音區別所以不妨礙，但寫成文章時，卻感覺不到重音。因此在這樣的情況，像現在寫出來這樣加上「？」明白表示疑問的意思或許比較好。至少對讀者比較親切。

其次引用的括弧，近來所用的西洋流的括弧即“”，對橫寫的歐洲文字雖然適合，對

＊譯注：《春琴抄》中文譯本，為考量中文與日文特色的差異，中文比日文濃厚密集，如果保留原文的標點符號極少的實驗做法，文字更加密集，而且中文不像日文有語尾助詞，不易判斷何處斷句，將如讀文言古文般，增加閱讀困難。適度加入逗號句號，反而可以提高流暢感覺。也可以沖淡字間密度，反而能達到作者想要的視覺如淡墨的效果。又為了保留作者拉長句子的希望，因此句逗點採取比一般習慣的斷句法稍長的句子，兼顧視覺美感、聽覺節奏感和容易閱讀，實際翻譯上也試著實驗，採取介於以上兩種之間的折衷標法。

直寫的日文字面不用說是不調和的，所以要用的話還是用雙引號也就是『』或單引號「」比較好。不過『』和「」用途完全一樣，任憑個人偏好使用，既然有兩種，如何區別使用可以設定出一定的規則，例如將「」定為英文的第一括弧，『』定為第二括弧，是否適宜？我自己很早開始就這樣做了，謹供參考。

但我一再重複，日語的文章味道存在於不規則的地方，句號逗號和其他符號最好不要太明顯切割比較有趣，像剛才所說的問號和引用括弧的規則等，也並不是非要照這樣不可。總之像「不知道？」情況下的？就算不加，都可以從前後情況推知那是表示否定的意思或疑問的意思，所以就任憑讀者判斷，也可以說不要過於親切比較好。

引用括弧也一樣，今天我們在小說的會話中所使用的「」或『』等，老實說並沒有那麼必要。為什麼呢？因為那本來是為了區別原來的文本和會話，或一個人說的話，和另一個人說的話而用的，大體上現代的作品，會話部分，說話者改變時多半會換行寫。加上很多情況文章本身的文體是講義體，和會話自然不同。此外，從一句會話移到另一句會話時，因為說話者不同所用的語言也都各有一些差別。男人和女人的差別就像第一百五十一、二頁所說的那樣，其他有關禮儀尊卑在日語中，依說話者的年齡、身分、職業，會話對方的人品，例如甲稱乙為「お前omae」，乙稱甲為「あなたanata」，有一個人說「ございますgozaimasu」的話，另一個人就說「ですdesu」或「だda」，像這樣代名詞、動詞、助動詞的用法有差別。此外讀過下一項「關於品格」就知道，總之因為這樣的關係，所以即使不用括弧，會話也不會和本文混同，不會分不清一個人說的話和另一個人說的話。因此我想這些符號的加法，不必被規則綁死，可以依照文章的性質，斟酌字面的調和與否，決定加鹽的分量為宜。

◎品格

說到**品格**，換句話說就是**禮儀作法**，假定各位出現在很多人前面打招呼，或演講時，總要穿著適度，言語舉止特別謹慎吧。同樣的道理，文章是對公眾說的話，因此不用說也該保持一定的品格，謹守適當的禮儀才是。

然而，文章上要如何保持禮儀，則有以下各項。

一　慎戒饒舌

二　用語不落粗俗

三　不要疏忽敬語和尊稱

其實，說到品格和禮儀，本來就是精神的流露，不管外形多麼修整，如果缺乏精神，不但什麼也成不了，反而只會令人感覺偽善，厭惡。例如人格卑下的人，只在口頭上說著高尚的事情，無論鞠躬點頭都身段柔軟，但看起來絲毫不覺高尚，反而卑下的感覺更招眼。因此如上述條件的枝微末節，**要作出品格高尚的文章首先最重要的是要涵養適當的精神才是第一要務**，這精神指什麼？終歸在於**體會優雅的心**。

我在前面，第五十一頁到五十三頁提到一國語言和國民性的關係時說過，我們的國民性並不愛說話，我們有把事物往保守內斂觀看的習性，有十分的東西自己認為只有七八分，也只讓別人看到這樣，因此這成為東洋人特有的內向氣質的由來，我們把這當成謙讓的美德。關於這點，我希望各位能重新回想一下這句話。我**所謂優雅的精神，是指**

我們這種內斂的性質，和東洋人所謂謙讓的美德，有某種深刻聯繫的地方。這意思，西洋並不是沒有謙讓的道德，不過他們主張自我的尊嚴，就算把別人推開也要明白顯示自我的存在和特色，有這種風氣，因此對命運、對自然和歷史法則，還有帝王、偉人、年長者等的尊卑從屬關係，不像我們這麼謙讓，過度的話就認為是卑屈。於是，在表達自己的思想感情和觀察等時，會把內心的話悉數向外表露以顯示自己的優越，因此費盡千言萬語尚且憂心傳達不足似的，但東洋人，日本人和中國人自古以來就和他們相反。

我們對命運不反抗，在順應中追求樂趣。不但對自然柔順，而且把自然當朋友般親愛。因此對物質也沒有他們那樣執著。此外我們安於自己的本分，並尊敬愛慕年齡上、智能上、社會地位和閱歷上，稍微比自己優越的人。因為這樣，而盡量遵循古老習慣和傳統，以古代聖賢和哲人的意見為規範。這樣偶爾有必要吐露獨到想法時，也不把這當成自己的想法來發表，而托古人之言，或引經據典，「自己」盡量不要太露鋒芒，把「自己」隱藏在昔日偉人們的背後。

因此我們在口頭說話時或寫作文章時，都不會把自己所想的事情、看到的事情毫不保留地傾囊道盡，而會刻意留下幾分曖昧的地方，因此我們的語言和文章，也往適合這樣習性的方向發達起來。那麼，所謂優雅，就是從我們這種放空自我，敬天，愛自然，尊敬別人的謙遜態度出發，在敘述自己的意志時表現有所保留的心意，所謂品格，所謂禮儀，終究也只不過是這優雅之德的一面而已。

然而現代的我們，卻逐漸喪失祖先所傳下來的這種謙讓的精神和尊崇禮儀的真心。這是因為西洋流的思想和物質的想法輸入後，我們的道德觀產生巨大改變的關係，當然這也不能一概說不好。如果我們一直保持過去的那種內向退縮習性的話，顯然會被今天的時勢所淘汰，而成為科學文明世界的失敗者，想到這裡，是應該多多學習西洋人的活潑進取氣象。

不過，就像前面說過的那樣，我們的國民性和語言性質，是擁有長久歷史的，很難在一朝一夕之間說改就改，況且要從根本改變，終究不可能，這種不合理的企圖只會招致惡果而已。

而且不要忘記，我們的流儀也自有我們的長處和優點。一說到內向、收斂、謙遜，往往有被誤認為是謙卑、退縮、軟弱的態度，西洋人不知道怎麼樣，但以我們的情況，內向的性格中往往隱藏著真正的勇氣、才能、智慧和膽力。換句話說，我們越是擁有滿腔內在的東西，越會想把這收緊起來。所謂收斂，是內部充實，緊張到極致的美，因此越強的人越擁有這樣的外貌。因而在我們之間，偉大的人很少擁有擅長辯論和討論技巧者，無論是政治家、學者、軍人、藝術家，真正擁有實力的人大概都沉默寡言，自己的才幹經常深藏不露，非到最後關頭不會隨便現出實力。如果不幸沒有遇到時機，未被世人所知，就算埋沒一生，也毫無怨言，或許覺得這樣反而輕鬆。這是我們的國民性，從古到今都沒有改變，到現代，平素看來好像被西洋流的思想和文化所支配，然而在危急存亡之際，雙肩負起國家命運的人，還是以古老東洋型偉人為多。

我們要取西洋人的長處以補自己的短處固然很好，但同時也不能捨棄父祖傳下來的美德，所謂「良賈深藏」這種深厚的心根。

話題似乎大為偏離主題了，不過關於文章的品格，說到精神的要素時，不得不追溯到這裡來論說。不過，在這裡我想喚起各位注意的是，**日本有一個不容忽視的特色**。那是什麼呢？雖然日本語有語言數少，詞彙貧乏的缺點，**但唯有謙卑自我，敬重他人的說法，種類真是豐富得驚人，比任何國家的語言，都更複雜而成就更高**。例如第一人稱代名詞就有「私」、「私儀」、「手前共」、「僕」、「迂生」、「本職」、「不肖」等說法，第二人稱則有「彼方」、「彼方樣」、「彼樣方」、「君」、「御主」、「御身」、「貴下」、「貴殿」、「貴兄」、「大兄」、「足下」、「尊台」等說法，這些全都是想到自己和對方身分的相異，在每一種不同時間和場合應該如何對應的區別，名詞、動詞、助動詞等，也有很多像這樣的區別。前面所舉的講義體、兵語體、口上體、會話體等文體的差異，也都是從這種謙讓和尊敬的用心出發的，要說「である」有時候因對象的不同而說「です」或說「であります」或說「でございます」、「でござります」。要說「する」也有「なさる」、「される」、「せられる」、「遊ばす」等說法。連說「はい」這麼簡單的回答，對上級的人也說成「へい」。此外我們也有「行幸」、「行啟」、「天覽」、「台覽」等對上位的人乃至高貴的人適當表達對身分敬重的特殊名詞、動詞等。外國語中並不是完全沒有這種例子，但相信沒有任何語言像日語這樣，在各種品詞上設有幾種差別，在這麼多種多樣的說法上如此花費心思的。今日尚且如此，從前就更講究分際了。像南北朝、足利時代、戰國時代那樣，全國綱紀混亂秩序喪失，強者爭勝天下的時節，百姓對武士，武士對大名，大名對公卿和將軍，各自還使用適宜的敬語未曾懈怠，絲毫沒有使用粗暴的語言，這從當時的軍紀物語和文書中就可以明白看出，不管多麼勇猛的武士，都深知不懂禮法是一種恥辱。從這些事情來思考，沒有比日本人更重視禮節的國民。由此可知，**國語也反映國民性，和這關係深深聯繫在一起**。

那麼，接下來讓我逐項稍加說明：

一　慎戒饒舌

這和前面也說過的「凡事要低調」、「要收斂」是一樣的意思。再說得詳細一點就是：

- 不要說得太清楚
- 意思的銜接要留空隙

• 不要說得太清楚

我說「不要說得太清楚」的意思是，今天任何事情都流行以科學方法正確述說，文學上也高唱寫實主義或心理描寫等，喜歡把眼睛所看見的，心裡想到的，全都毫不保留地精細、鮮明地依照事實鉅細靡遺地描寫出來，然而，這以我們的傳統來說並非高尚的趣味，很多情況是，描寫不要超過一定的程度，才合乎禮節。本來，如果能夠依照事實描寫出來的話，也很好，只是語言和文章的作用只是在暗示事物而已，從效果的觀點來看還是節約用語比較聰明，正如已經說過幾次的那樣。

終究，**我們對照樣說出活生生的現實有卑視的風氣，言語和所表現的事物之間要有一層薄紙之隔，才會感覺到品味的好**。因此從前的人即使可以明白說出的事情，都要刻意繞圈子讓你聞到味道地迂迴表達。這種例子在古典作品中真是不勝枚舉，在王朝時代的物語中，不明白顯示時間、場所、主要人物名字的情況並不稀奇。例如《伊勢物語》，裡面的故事，都是以「從前有一位男子」的句子開始，那些男子的姓名、身分、住址、年齡，都沒有記載。

還有，並不限於《伊勢物語》，婦人的名字，多半也只寫「女人」。《源氏物語》中出現的「桐壺」和「夕顏」等，也不是這些婦人的真正名字，而是以有緣由的房間名字或花的名字來稱呼，因為這是小說，如果想以本名附上的話是可以做到，然而那樣的話，文品就卑下了。而且，雖說是物語，但對那些婦人的人格也會失禮。男人的情況也一樣，把在原業平稱為「在五中將」，菅元道真稱為「北野」、「天神」、「菅相丞」，把源義經稱為「御曹司」、「九郎判官」、「源廷尉」等，藤原兼實稱為「月輪關白」，像這樣避諱記錄真實名字，而間接以那個人的官職、位階、居住場所或宅邸名稱等作暗示。因為這樣，所以在敘述感情，描寫景物時，也以「隔著一層薄紙」的心態迂迴表達，縱然非常重視真實，但過於歷歷書寫出來，感覺就像在人家面前露出前脛或大腿一樣了。

試想起來，日本在某個時代，有很長一段期間把「口頭說的語言」和「文章寫的語言」截然劃分開來，這可能是受到剛剛說過的「隔著一層薄紙」的心態影響吧。也就是說口語是現實的一種，而且總之容易陷入饒舌，因此文章語為了保持格調，於是在其中設下相當的距離。然而今天，這距離卻縮得非常小，兩者之間不但變近了，尤其文章語，因為逐漸應用西洋流的文法和表現法的關係，可以比口語傳達得更仔細。例如我們在口語上不會遵守時式和格的規則等，但在文章語中則會遵守。因此，今天所謂口語文也不會依照實際上的口語寫，那麼差別在哪裡呢？我想在**文章語方面逐漸類似西洋語的翻譯文，變成日本語和西洋語的混血兒似的，實際的口語方面**，雖然也漸漸變得帶有西洋臭味，**仍然帶有許多日本語本來的特色**。

前面我告誡過，不要被文法囚禁，而且獎勵試著依口頭說話方式書寫會話體，是因為考慮到這些情況的關係，今天和文與和漢混交文已經不像從前那樣通用了，不過那些古典文所擁有的優雅精神，粗獷味道，有品味的說法，現在也不妨稍微擷取一點放進口語文中，以提高文章的品味，只要花一些心思，一定不會辦不到。

最後，把現實弄模糊了來寫，和在描寫中加上虛飾，這兩回事我想可能容易混淆，所以一定要多加注意。不用說，誠實，樸素，在文章道上也很珍貴，以為把離現實遙遠的漂亮語彙美麗文字串聯起來就是高尚的想法，是錯誤的。與其使用炫耀博學的困難漢字，不如用沒有裝飾氣味的俗語來表現，反而有品味。何況現在是以簡便為主的時代，所以嚴守和過去一樣的禮儀作法反而顯得滑稽。所謂品味，是要不匠氣地自然流露，刻意裝作高級的樣子反而招眼，不是真正的上品。因此，我雖然說保持低調，重要的是要知道分寸，這終究無法說明，所以只有請各位自己去體會前述優雅精神，除此之外別無其他方法。

• 意思的銜接要留空隙

這終究也是把表現內斂，凡事將輪廓模糊化的一種手段，**要理解這所謂間隙**，請依照第四十六、七頁所述，**我想不妨看看從前的書簡文，也就是候文的寫法**，特舉如下一例。

> 其後音訊斷絕疏於問候，其實平生平塚二字常懷胸間，請聽緣由，又匆匆返鄉迎接老母，從淀直接到嵐山，尚未見妻子之面先賞花影，賞過仁和寺、平野神宮、知恩院之花後又連著直奔伊勢參訪。
>
> 把酒旗亭別送人。禽聲春色太平春。攜妻攜子同從母。非是流民是逸民。

如此這般，此次歸京心情猶如在雲霧中，與何方朋友皆尚未聯絡。今日看到來函和所送伏水之鹽鴨，本人和老母都不在家失禮之處深致歉意，外出時說要取丹酒，這次也有很多丹酒，本想傳言可令人來取，又恐對病體禁忌而作罷，任何時候都請差遣人來取，帶著容器，如用這邊容器，讓您擔心還要歸還，請多保重，希望能早日拜見，今日也到御影去，雜務纏身匆匆不盡。

這書簡是賴山陽寄給一位叫做平塚的朋友的信，有一天平塚的使者送了信和鹽鴨來，他看了後寫的回信，從字面可以推察，可能是託那位使者帶回信。山陽在當時文人中也以書簡文妙手受到高度評價，關於這點從本篇文章可以看出。那麼這文章的妙味在哪裡呢？主要在於，前面提過，也就是意思的連貫方式留有缺口的部分，換句話說，行文的幾個地方特地留下**洞穴**，有那洞穴的存在。順便再從現在的文章，說明留洞穴的地方，括弧所包含的文字是原文所沒有的部分，我試著補上缺洞的地方。

其後音訊斷絕疏於問候，其實平生平塚二字常懷胸間，（然而），請聽緣由，

（其實最近）又匆匆（回去）故鄉迎接老母，（希望趕上賞花時機），從淀到嵐山，尚未見妻兒之面先賞花，賞過仁和寺、平野神宮、知恩院之花後又連著直奔伊勢參訪。（真是所謂）

把酒旗亭別送人。禽聲春色太平春。攜妻攜子同從母。非是流民是逸民。

如此這般，（因而）此次歸京心情猶如在雲霧中，對何方朋友皆尚未聯絡。（然而）今日看到來函和所送伏水之鹽鴨，本人和老母都不在家失禮之處深致歉意，（此外上次）外出時（差人來）說要取丹酒，（關於）這次也有很多丹酒，本想傳言可令人來（取）又恐對病體禁忌而作罷，（但）任何時候都請差遣人來取，（那時讓來人）帶著容器來，如用這邊的容器，讓您擔心還要歸還（怕添麻煩），（敬）請多保重，希望能早日拜見，（謹此）今日也到御影去，雜務纏身（疏於問候）匆匆不盡。

再舉另一封山陽的短書簡看看。

相隔遙遠，春寒稍退，朝夕是否安康。

六書通（註：篆刻家所用之辭典）可否再多拜借些時，動刻印之興（註：篆刻之興趣），抱歉讓您掛心。

上次的硯台，頗愛玩；又即使不是那樣的東西，也要極小，我正希望有那樣大小的東西，您可知，我有一小皮箱，可放進其中組成硯盒，法帖硯放不進去，有勞您代為費心留意。

水晶也每天放瓶梅之下，賞玩甚樂，謹此。

這比前一封更大膽地開洞，如果要補滿的話就像如下。

相隔（如此）遙遠，春寒稍退，（然而足下）朝夕是否安康。

六書通可否再多拜借些時，（因為我）動了刻印之興，抱歉讓您掛心。

上次的硯台，頗愛玩，又即使不是那樣（精緻）的東西，也要極小，我正希望有那樣大小的東西，（我想）您可知，（我手頭）有一小皮箱，可放進其中組成硯盒，法帖硯放不進去，（因此，如果有小硯台）有勞您代為費心留意。

水晶也每天放瓶梅之下，賞玩甚樂，謹此問候。

以上兩個例子，如果仔細玩味的話，應該可以知道我所說的間隙的意思，以及那對文章品味和餘韻有多大的幫助了。

書簡文，因為是個人與個人之間所交流的東西，彼此互相了解的事情不必一一提起，所以有很多可以省略的餘地，但以眾多讀者為對象的文章和古典文中，一般也可以見到很多像這樣的間隙。例如請查一下前面所舉的秋成和西鶴的文章看看，一定會發現其實有無數像現在山陽書簡文那樣的洞穴。

現代的口語文比古典文缺乏品味，缺少優雅味道的重大原因之一，是因為當今的人不願意去作「留空隙」、「開洞穴」這種事的關係。他們被文法結構和理論的整頓等事情所囚禁，敘述總想寫得合情合理的結果，句子和句子之間，文與文之間，意思如果不連貫就不罷休。換句話說像我現在補上括弧裡的內容那樣，那些洞穴若不全部填滿就覺得不安。因此，加上很多「可是」、「不過」、「然而」、「於是」、「雖然如此」、

「因為這樣」、「這樣的關係」之類多餘的填空字眼，光是這些就使厚重的味道大為減殺了。

事實上，**現代的文章寫法，似乎對讀者過於親切**。其實可以寫得不親切一點，其他地方就讓讀者的理解力去推想，效果會比較好。關於言語的節約，我打算在後段「含蓄」項中再說，這裡就到此打住。

二　用語不落粗俗

要保持禮儀，「慎戒饒舌」是最要緊的，但這樣，並不是說只要隨便省略用語就好。省略方法有時正好合乎禮節，有時省略了反而有失禮節，因此必須分辨那區別。重要的是，除了該省略的情況之外，**如果使用某種語言，就要盡量有禮地，使用正式形式**。

前面用語項中，我說過使用略語和略字要慎重，就是指這個意思。此外，最近年輕人，把自己平素說話時**粗魯無禮的發音**都照樣化為文字已經不稀奇。現在舉出我想到的二三個這類例子。

してた**shiteta**　（していた**shiteita**）　做了

てなこと**tenakoto**　（というようなこと**toiuyounakoto**）　那樣的事

詰まんない**tumannnai**　（詰まらない**tumaranai**）　真無聊

あるもんか**arumonnka**　（あるものか**arumonoka**）　才沒有

もんだ**monnda**　（ものだ**monoda**）　那東西

そいから**soikara**　（それから**sorekara**）　還有

這些括弧中所寫的才是正確的發音。當然除了小說家在會話中為了描述實際狀況，讓作品中的人物對話逼真的場合之外，從這些情況開始，在不是對話的行文中也流行用這種腔調，實在令人感嘆。

整體上，口頭說話的場合，用太多俗語並不值得鼓勵。今天東京語已成為標準語了，**真正講究品味的東京人，在日常會話中，談吐都相當正確而明瞭**。例如今天流行省

略格助詞的テニヲハ（teniwoha）：

僕そんなこと知らない。　我不知道那種事。

或

君あの本読んだことある？　妳讀過那本書嗎？

常常看到這樣說的年輕男女，但東京人從江戶時代開始，就很少省略格助詞，即使市井中人或職人說俗話時，都會說我「おらあ」（己は）、「わっしゃあ」（わっしは）、把什麼「なによー」（何を）這樣在口中確實說著テニヲハ。現在所舉的兩個書生對話改成東京的職人語言時，就變成這樣：

己あそんなこたあ知らねえ。　我不知道那種事。

お前（めえ）はあの本を読んだことがあるけえ。　妳讀過那本書嗎？

像這樣，就算發音帶有鄉音，卻沒有省略テニヲハ格助詞。只是，有時可能會省略

「お前（めえ）」後面接的「は」，卻絕對不會省略「己あ」（己は）及「こたあ」（ことは）的「は」、「あの本を」的「を」、「読んだことが」的「が」格助詞。如果省略的話，會被當成小孩說的不完整的話。我因為從父祖的世代就出生在東京，所以可以保證有這種事實不會錯，關於這點，我不得不說現代所謂的摩登男孩和摩登女孩所用的語言，粗俗的情況並不輸給職人。而且用這種語言，與其說是純東京人，似乎不如說想模仿都會人中鄉下出來的青年居多，總之我不但不覺得那說法漂亮，反而顯得非常土氣。

以寫實為貴的小說家要描寫青年男女對話的實際情景時，不能評論趣味的高下，不過小說家往往比實際情況走在前面，所以小說中的會話會成為模仿對象，那種說法反而成為世間的流行，會發生這種事情。那麼，想到這些影響時，我就覺得**小說家在寫會話的時候，也不妨抱持「隔著一層薄紙」的心態**。

三　不要疏忽敬語和尊稱

關於敬語已經在本項的序論中大體申述過了，不過那為什麼和日語的作用擁有密不可分的關係，理由還有說漏的地方，因此在這裡補充說明。

首先請各位試讀《源氏物語・空蟬卷》開頭的文句看看。

輾轉反側夜不成眠，說道自己從來沒有如此被憎恨過，今夜初次嘗到人生憂煩苦楚，羞愧得真不想活了，聽了不禁低頭落淚。倒叫人覺得十分可憐。

ねられ給はぬまゝに、われはかく人に憎まれてもならはぬを、こよひなんはじめて世を憂しとおもひしりぬれば、はづかしうて、ながらふまじくこそ思ひなりぬれなどのたまへば、涙をさへこぼして伏したり。いとらうたしとおぼす。

《源氏物語》的作者，像這樣，從一卷的開頭就省略主格的情況很多，這裡從「輾轉反側夜不成眠」到「聽了不禁低頭落淚。」是一個句子。「覺得十分可憐。」又是另一個句子。前面的句子中隱藏著兩個主格。也就是「輾轉反側夜不成眠，說——不想活了」的是源氏之君，「聽了不禁低頭落淚」的是從者小君。然後接下來的「覺得十分可憐」又再變回源氏。但，怎麼能知道區別在哪裡呢？在什麼地方能辨別出一個是源氏的動作，一個是從者的動作呢？從敬語的動詞和助動詞的用法就可以知道。正如您所看到的那樣，源氏這邊說「夜不成眠」，「說道」，「覺得」，用的是敬語。從者方面則只說「低頭」*。

還有，前面所提到賴山陽的書簡，兩封都完全沒有提到「足下」和「小生」這樣的第一人稱乃至第二人稱代名詞。然而卻能明白區別自他，是因為在提到對方的時候，用到像「され」、「なされ」、「下され」、「持ちなりくたされ」這樣的敬語，在提到自己的時候則簡單地說「候」，或更客氣的像「申候」、「拜借」這種謙詞的關係。此外，從前的候文中把自己的事說成「罷（まかり）在」，把對方的事用「被為在」、「御入」、「御出遊」、「御座」等被動敬語，或加「御」來說。像這樣，除了把他人的動作用懷

*譯注：日語的敬語譯成中文時難以保留，有時需要加上主格以免混淆。洪範版林文月女士的翻譯不僅分別加入原文中所沒有的主詞，並稍加說明以方便讀者了解，譯文如下：光源氏輾轉反側不成眠，幽幽地說：「我從來沒有被人這樣憎恨過，今晚算是生平頭一遭嘗到人生的悲辛。真教我羞愧得不想活下去了。」睡在他身旁的少年聽見他的話，甚至同情地淌下眼淚來。源氏見他如此純真，心中十分疼愛。

有尊敬意思的動詞助動詞之外，連自己的動作都以含有謙卑意思的動詞助動詞來說，猛一看好像是非常麻煩的差別，但請不要忘記其實卻有可以省略不重要用語的方便，延伸出去並在文章的結構上具有非常寶貴的作用。因為，有敬語的動詞和助動詞時，句子可以省略主格，不，就算當作就是為了省略主格而用敬語的，也再恰當不過了，從禮儀上來說，口頭上也不應該輕率提到尊敬者的名字和代名詞。這雖然像很失禮的例子，不過像「行幸」、「行啟」之類的用語，也可以想成原本就是因為口頭上若提到主格所指的人名唯恐有失體統而開始用的。在這裡，**使用敬語的動詞助動詞時可以省略主格，由於不會產生混雜，而可以繼續書寫結構複雜的長句**。

據說拉丁語雖然沒有主格，卻是可以從動詞變化分辨的語言，這樣想起來，日語中敬語的動詞助動詞也有幾分這樣的作用，並不只是發揮整頓禮儀上的效用而已。

關於這點前段「調子」項的「流麗調」中，我把《源氏物語．須磨卷》的一節翻譯成兩種現代語，現在試著比較對照一下，就會更明白這點了。此外，看到剛才提到的空蟬卷的一節、山陽的書簡等，這些文章的妙味和敬語的利用也有密切關係，捨棄敬語便無法成立了。換句話說**敬語的動詞助動詞，是組成美麗日文的要素之一**。

今天因為階級制度逐漸廢除，所以瑣碎敬語漸漸不實用了，但即使衣冠束帶變成素襖大紋、素襖大紋變成上衣褲子，上衣褲子變成紋付袴或frock coat（男子白天穿的正式禮服），禮儀以這種程度被遵行，而敬語也沒有完全廢除。

而且，想到敬語是我們的國民性和國語機能深深根植的基礎時，將來也不太可能廢除，現在我們日常用語中，也用著類似從前候文中所有的動詞助動詞。例如說「云う」，在尊敬的時候說「おっしゃる」、「おっしゃいます」，謙卑時說「申す」、「申します」。此外知道「知る」，也以「御存知です」、「存じます」來分別使用，做「する」，也有您做「なさる」、我做「致します」，給「与える」，則分別說成我給您「差上げる」，您給我「下さる」。此外像使「せられる」、有「おられる」、在「いらっしゃる」、遊玩「遊ばす」、為我做「して頂く」、讓我做「させて頂く」、請做「して下さる」、請讓我做「させて下さる」等說法平常也很普遍，這些在文章語上現在難道沒有應用餘地嗎？實際上這些敬語的**動詞、助動詞，對日語文章結構上所擁有的缺點和短處，正是彌補的利器**。捨棄這利器不用，以致無法發揮日語所擁有的長處和強項，實在真可惜。

我現在為了避免重複，只針對動詞和助動詞加以說明，當然所有尊稱、所有品詞中的敬語，也幾乎可以說具有同樣作用，例如只要在臉「顏」的用語上加一個尊敬的「御」字成為「御顏」的話，有時就可以省略「您」或「您的」的用語。像這樣，儘管敬語是非常寶貴的語言，儘管現代口語中也常使用，但為什麼我們卻不太在文章中使用呢？因為敘述上不喜歡摻雜個人感情因素的關係。也就是和一對一的相對說話不同，文章是在對公眾說話，甚至是會留到後世的，就算在寫自己尊敬的人的事情，也應該採取像科學家一般冷靜的態度，基於這樣的信念。原來如此，這樣的態度也沒有錯，不過依所寫文章種類的不同，有些不妨加入一點親愛或敬慕的感情，兒女在記述父母或伯父母的事情、師長的事情時，妻子在寫丈夫，屬下在談上司時，或以這種體裁書寫私小說時，不用說，就以這本書的寫法中，我對各位也使用了某種程度的敬語。

順便一提，趁這機會我要大聲疾呼的是，**至少女孩子是否可以請用這種心意來寫。**所謂男女平等，並不是把女人變成男人的意思，而且日本語文中也具備區別作者男女性別的方法，希望女人寫的東西有女人的溫柔，如果要寫「父親說」、「母親說」男人只要寫成「父が云った」、「母が云った」就可以的，女人寫的話最好寫成「お父様がおっしゃいました」、「お母様がおっしゃいました」聽起來比較尋常順耳。那麼，這樣說來，女孩子還是最好不要用講義體的文體比較好。講義體不適合多用敬語，用這種體寫的話，語言總會顯得強硬，不妨從其他三種文體，兵語體、口上體、會話體中選一種來用。私信、日記不用說，其他實用文、感想文、甚至某種論文和創作等，都不妨採用女性化的寫法，不知意下如何？過去的《源氏物語》就是一種寫實小說，雖然如此作者在寫貴人的事情時，行文中也用敬語，雖然未必保持科學者的冷靜，但藝術價值也不致因此而稍減，果然表現出女性之手所完成作品的優雅氣氛。不過，那是否也依照當時「口頭說話的文體」所寫的，還有待考證。

◎含蓄

所謂含蓄，就相當於前段「品格」的項目中所說到的「慎戒饒舌」。也可以換句話說，「一、不要說得太清楚」和「二、意思的連接放入間隙」，這就是含蓄了。不過同一件事情為什麼要換一個項目再說呢？前一段是從禮儀的觀點來看，這裡則為了純從效果來論，這樣重複述說，也因為這是非常重要的要素的關係，**這本讀本也可以說從開始到結束，幾乎只在說含蓄一件事情**。

那麼，首先我想舉一個例子，幾年前，有一次我和研究日本文學的二、三位俄國人聚餐。當時席上談到，最近俄國有一位正在翻譯我的《正因為愛（愛すればこそ）》的戲曲，首先就為標題的譯法煩惱，到底是誰在愛？是「我」「正因為愛」，還是「她」「正因為愛」，或指「世間一般人」，也就是，主格是誰並不明白。於是我回答「正因為愛」的主格，從戲曲的故事來說可能以「我」為主格是正確的，所以法國翻譯版本加上「我」字，但老實說，限定了「我」之後意思就有點變狹窄了，雖然是「我」，但同時也可以是「她」，是「世間一般人」，是其他任何人都可以，為了賦予這樣的寬度和抽象感，刻意在這句中不放主格，這是日文的特長，要說曖昧固然曖昧，在具體的另一個半面則含有一般性，對有關某特定事物所用的語言，就那樣擁有格言或諺語般的寬廣度、重量感和深度，這麼說來俄語版的翻譯最好不加主格，我這樣說。

日文這方面的特長，在漢文中也可以看到，以漢詩為例，就更能清楚了解這點了。

床前明月光。疑是地上霜。
舉頭望明月。低頭思故鄉。

這是李白題為〈靜夜思〉的五言絕句，這首詩有一種永遠的美。

正如您所看到的那樣，所描述的事情非常簡單，只不過說「月光照進自己的床前，那月光看起來潔白如霜，自己抬頭望見山上的月影，低頭想起遙遠的故鄉」，然而就這樣，從現在算起的千年以前就有這首〈靜夜思〉，今天我們讀起來，仍然不可思議地在腦子裡清晰浮現，床前的明月，照在地上像霜那樣白，山上的天空高掛著一輪明月，月影下有一個人正垂頭思念故鄉。而且，勾起現在自己也彷彿正浴著那青白色的月光，沉浸在鄉愁的感嘆中似的情緒，被引進和李白同樣的心境。

那麼，這首詩生命為什麼如此悠長，能擁有打動任何時代千千萬萬人心的魅力呢？雖然有各種條件，不過其中一點是沒有放進主格，另外一點是沒有清楚顯示時式，和這兩點有很大的關係。

這如果是西洋詩的話，看到「床前明月光」的人是作者自己，因此當然會放上「我」這個代名詞。而且，「床」、「頭」和「故鄉」的用語上面，也會加上「我的」這樣的說明。其次「望」、「疑」、「思」等動詞，恐怕也會採取過去式的形式。於是這首詩，就會限定在某一天晚上某一個人看到的東西，感覺到的事情，終究沒辦法擁有這樣的魅力。雖然這是韻文，不過即使是散文，在東洋的古典文中這種寫法也很多，相信各位在幾次的引用文中已經可以知道。就以那篇《雨月物語》開頭的部分來看，從「過了逢坂關口之後，」到「一路來到讚岐真尾坂之林，且植杖留於此地」為止，東從象潟的漁夫之茅舍，西經須磨明石，一路寫到四國的途中，然而並沒有記載是誰在做這漫長旅行。此外，雖然說明是「仁安三年秋季」，不過動詞是現在式，也就是不定法，並沒有採取過去式。因此讓讀的人，感覺好像跟著主角西行法師一起歷經名勝古蹟，去拜訪歌枕中常提到的勝景一般。這種手法，在現代口語文中也有應用的餘地，至少非常多是省略主格、所有格、受格的名詞、代名詞會比較好的情況。尤其在私小說中，繼續讀下去之間自然就會知道「我」是主角，沒有必要用那麼多「我」的用語。

其他小說文章一般加上這種手法可以產生魅力，現在的作家中里見弴就常常用到這種手法，因此不妨試著找出他的作品集來查查看。相信一定可以發現不少使用像「雨月」或「源氏」那種開頭方式寫的作品。

其次，剛才所提到李白的詩還有一點值得注意的是，詩中對明月和對遠方故鄉憧憬的心情，雖然充滿一種哀愁，但作者卻只說「思故鄉」而已，並沒有提到任何一個類似「寂寞」、「懷念」、「悲傷」等字眼。像這樣，不把某種感情直接說出來的表現，已經成為從前詩人和文人的嗜好，並不限於李白，尤其這首詩的情況，文字的表面什麼也沒說的地方，才真有沉痛的味道，如果多少用了一點哀傷的言語，一定會變膚淺了。

此外，以演員的演技為例也可以明白，**真正技藝高超的演員，要表現喜怒哀樂的感情，不會做出誇張的動作和表情**。他們，在顯示精神上巨大痛苦或激烈的內心動搖時，相反的會把技藝往內收斂，只表現七八分就止住。因為這樣在舞台上的效果比較好，對觀眾的訴求力比較強，所謂名角都知道這訣竅，越差勁的生手才會越擠眉弄眼，張牙舞爪，大聲叫喊，演得吵鬧喧騰。

那麼，從這觀點來看現代年輕人的文章時，深感各方面都說得過多、寫得過多、過分饒舌，尤其特別招眼的是**不必要的形容詞和副詞太多**。我現在拿起放在座右的某婦人雜誌來，試著查看一下投書者的告白和實際故事的寫法，真為那些語言的過度濫用感到驚訝，試舉其中一個惡文實例，指出那多餘的地方，請看一看。

> 任何事都忍了又忍一面和病痛苦鬥一面好好忍耐過來的母親，也終於到了不得不回娘家的日子了。從學校回來，知道母親不在家，我黑暗黑暗的心情便低沉下去。雖然父親說「母親回娘家去很快就會回來」，但我卻有很討厭很討厭的預感。母親不在，像海底般黑暗的家中，我們兄妹的冰冷生活從此無止盡地繼續。

以上的文中，請注意看畫線的部分。首先看「忍」這個用語之上加了「任何事」，成為「任何事都忍」。既然已經說過「任何事都忍」知道不是普通的忍了，還說「任何事都忍了又忍」，這「忍」字又再重複一次。但請仔細想想看，這種情況的「忍」字的重複到底有沒有加強效果？事實上正相反，重複不但沒有幫助，反而減弱文意。而且接下來還有「和病痛苦鬥」的句子，這雖然用語不同，但還是忍耐的一種，屬於「任何事都忍」的其中之一。那麼光這樣已經說得過多了，還加上「好好忍耐過來」，效果就更弱了，正好陷入和差勁演員吵吵鬧鬧的誇張演出一樣的結果。因此，「黑暗黑暗的心情」、「很討厭很討厭的預感」等，也只要「黑暗的心情」、「討厭的預感」就夠了。像這樣同樣的形容詞重複兩個，以口頭說的時候具有重點加強的作用或許可以提高效果，但寫成文字，大多的情況，重複只會使感動淡化而已。

其次，「黑暗的心情便低沉下去」的「低沉下去」，說話也不坦率。應該直接說「心情很低落」。其次在「黑暗的」的形容詞上加上「海底般」的副詞，在「繼續」的動詞上，加「從此無止盡地」副詞，我所謂「多餘的形容詞和副詞」就是指像這樣的地方，加上「海底般」，母親回娘家之後家裡的黑暗感，並沒有真正貼切地表現出來。整體上比喻這東西，除非真的很吻合，引用這比喻後可以使情景更清楚，想到這種東西的時候才該用，如果想不起適當比喻，或沒有必要特地引用來說明的情況，不如不引用還好。然而這種情況的黑暗，大多的讀者都可以想像到，並不是非要用比喻來說否則不清楚的黑暗。而且就算比喻，用「海底般」的句子一點都不貼切，用這種誇張比喻之後，真正的事情聽起來都顯得假假的。其次有「繼續」的用語，就不需要「從此」了，何況「無止盡地」這說法，也過分誇張。那麼，把這文章的這些多餘削除掉的話，會像以下這樣。

一面和病痛搏鬥一面凡事忍耐過來的母親，不得不回娘家的日子終於來臨。從學校回來，知道母親不在家的我心情黯淡。雖然父親說「母親回娘家不久就會回來」，但我卻有不祥的預感。在母親不在的黑暗家中，我們兄妹繼續過著冰冷的生活。

這並不是什麼特別的名文。只是普通的實用文。但現代的年輕人，卻不寫像這樣普通的實用文，而想寫像前面所舉的那種惡文。以為像這樣值得感慨的事情，以如此扭曲，不坦然的寫法來描述才是藝術，但所謂藝術絕對不是這樣的東西，實用的東西就是藝術的東西，我在十七頁中已經說過。因此，並不是實用文就不能令人感動，假定小說的敘述，與其像前面那樣長的寫法，不如後面這種收斂的寫法要好。不，如果是我在自己的小說中要描述這種情況時，會寫得更收斂。

> 和病痛搏鬥，凡事忍耐過來的母親，回娘家的日子終於來臨。我有一天從學校回來，知道母親不在了，心情很黯淡。雖然父親說「母親回娘家，不久就會回來」，卻有不祥的預感。從此在母親不在的家中，我們兄妹繼續過著冰冷的生活。

最初的文章字數是一百五十三字，第二次的文章是一百二十六字，第三次的文章是一百二十字，比第一次減少了三十三字（中文分別是一百三十八字、一百零七字、一百零三字），但哪一種印象比較強呢，請讀一讀比較看看。不過後面的第二次和第三次只有很少的差別，整體雖然縮短了，但有新加文字和逗點，也有部分改變用語順序和說法。需要像這樣下細微的功夫，這些畢竟稱為所謂技巧，但施加技巧並沒有偏離實用，從這裡可以明白看出。

只是，教別人容易，自己要實行卻很難，所謂**愛惜語言地使用**，在自己試著寫文章的時候，會發現並不是那麼簡單的事情。即使以文筆為專業的人，也會稍一不慎就陷入過度書寫的弊病中，我近年來也常常警惕自己不要忘記這種用心，每次改寫文章都會縮短，卻絕少加長。可見多餘的情況這麼多，即使在發表的當時感覺用語已經很節約了，但經過一年後試著重讀，還是會看到多餘的地方。像以下所舉的例子是我三年前所作《蘆割》的一節，畫旁線的部分，就是今日看來覺得「沒有也可以」的字句。

我佇立在暮色逐漸加深的堤岸上，眼光終於移向河下游的方向。並想像天皇和高官貴人們一起進餐的釣魚殿在什麼方位？往右方岸邊眺望時，那一帶森林密布一片蒼鬱，一直延續到神社後方為止，因此可以明白指出有森林的廣大面積整體都是離宮的遺跡。（中略）而且和缺乏情趣的隅田川不同，男山的翠巒朝夕掩映，其間船隻上下穿梭來往的大淀風物是如何安慰皇上的龍心，增添筵席間的雅興啊。後年敗於幕府追討之謀，被流放隱岐島上度過十九年空虛歲月，聽濤聲風吟的日子，龍影隱藏的時代，心中最常徘徊的難道不是這附近的山容水色和在這御殿所度過的無數華麗遊宴嗎？追懷當時的往事我的種種空想如幻似畫歷歷浮現眼前，管絃餘韻，淙淙泉水，終於連月卿雲客開懷的歡聲笑語都紛紛傳進耳底。而不知不覺間周遭的黃昏暮色已更加深濃了，不禁取出手錶一看已經六時。白晝步行時溫暖得甚至還會汗濕的地步，但日落之後果然已經像入秋黃昏的寒風滲入肌膚。我突然感到飢餓，在等月出的時間裡，有必要想想要到什麼地方去吃晚飯，不久就從堤岸上走回街道的方向。

這些用詞之中，很多只是為了語言連續的順暢才添加的，因此間隙被過分填滿顯得壅塞，如果要文章稀薄一點，可以除掉這些，讓和緩的調子出來也是當然的。

此外，關於含蓄方面這裡寫漏的點，只要把讀本的所有項目再熟讀玩味看看，就算沒有寫得很細，自己也可以體會。

以上，是我在文章道上，只把涵蓋整體中，極為基本的事項逐一說明一遍，至於枝微末節的技巧則未能一一提到，是因為相信說了也無益的關係，**只要各位不疏於磨練自己的感覺**，不教也能逐漸體會得到，這是我所期盼的。

解說

吉行淳之介

本書作者自己的前言，是昭和九年（1934）九月寫的，因此是大約四十年前的事了。我以前沒有讀過《文章讀本》之類的書。這次第一次讀到這本，對於將近半世紀前的文章要發表見解，我幾乎沒有相異的意見。這可以說倒是令我驚訝的事。

在解說本書時，我只想發表幾點自己微小的不同意見，其他就請各位照樣閱讀，不過且讓我先介紹一下本書的整體結構。

谷崎潤一郎有一本《陰翳禮讚》的著作，述說日本的美在於陰翳。即使色情感官方面，他的意見似乎仍主張隱藏在陰翳中更有價值。但時代改變了，現在就算在光天化日之下暴露裸體，或出現尺度開放的西式洋裝美女也不足奇，但另一方面陰翳之美，依然深深根植於日本的土壤，這可能不會改變。

這本《文章讀本》的根底，也流動著這種發想，在本書末尾作者所寫的內容中可以知道。在這裡試著引用如下：「所謂含蓄，就相當於前段『品格』的項目中所說的『慎戒饒舌』。也可以換句話說，『一、不要說得太清楚』和『二、意思的連接放入空隙』，這就是含蓄了。（中略）這本讀本也可以說，從開始到結束，幾乎只在說含蓄一件事。」

本書已經改為採用新假名、新漢字了。因為當時還沒有採用新假名，因此當然是以舊假名寫的。（吉行註：中央公論社於昭和三十九年，即一九六四年二月開始出版日本文學全集《日本之文學》，第一次發行即「谷崎潤一郎（一）」。編輯部從那時候開始，文章改用新假名、新漢字作業，谷崎也同意。）我並不是新假名論者，一直到昭和二十三年（1948）還用舊假名正漢字書寫，但也逐漸不再反感，因此也改用新假名新漢字。只是反對限制漢字，而且對新的送假名也很生氣，心想「隨便你們吧」。這兩件事顯然弄髒了日本語。谷崎潤一郎在自己執筆時，直到去世前，依舊遵守古式寫法，在昭和九年這本《文章讀本》中，還有這樣一節：「今天一方面片面獎勵限制漢字，積極推動羅馬字的普及運動。而且，執政者、教育家都認為讓兒童記憶漢字會增加他們的痛苦，浪費他們的時間和精力，而刻意採取減輕他們負擔的方針。」這段文章還繼續接著說「雖然如此」，我並沒有反對這個方針。而且，在言及國文法也有曖昧的地方，可見他一邊擁有成為新假名論者也不奇怪的想法。但到最後卻依然幾乎堅守和戰前一樣的方式，可能因為他難以忍受戰後日本語的模樣，不符合他對美的感覺吧。

其次，正如最初陳述過的那樣，我將寫出對本書的些微疑點。有一段提到，在文章方面我並不是一個保守的人，並沒有興趣挑出幾個特別難的漢字讓那印象膨脹。「在我青年時代寫過一篇『麒麟』的短篇作品，那與其說內容，不如說因為『麒麟』這標題的文字先在我的腦海浮現。然後才由那文字產生空想，再發展成那樣的故事。」我也很了解那種感覺。但到了現在這個時代，太難的漢字倒不如廢除，這是我的意見。梶井基次郎的《檸檬》很有名，但現在已經改為平假名的「れもん」，我想應該不會損傷作品的味道。但，如果用片假名的「レモン」的話可就傷腦筋了。不只是太難的漢字，還有漢字太多的文章和外來語過多，也彷彿表裡的兩面，最近已經不能再說美了。

谷崎對志賀直哉的文章似乎給予相當高的評價，對引用《在城之崎》的一部分大加讚賞。我對他認為志賀直哉文章之精采並沒有異議，只對他引用的部分略有疑點。

主角發現一隻蜜蜂死在玄關的屋頂上，之後的描寫。

「那又帶給我一種怎麼還死著的感覺。三天之間都維持那個樣子。看著那樣子給人一種非常靜的感覺。好寂寞。其他的蜜蜂都已進去蜂巢的黃昏，看見冷冷的屋瓦上只留下一隻死骸，感覺好寂寞。然而真的好靜。」

這一節他精細地分析著，但對「寂寞」這件事，重複用了兩次這字眼，值得肯定，為了說明寂寞的心境，只說「寂寞」而已，我讚賞他沒有囉哩囉嗦，浪費多餘的字眼。因為志賀直哉是一位男性型的作家，反而只說「寂寞」就直接噤口令人首肯。但，讀過這篇文章之後，削除「寂寞」這用語，也可能表達寂寞的心境。假如是我的話，在猶豫之後可能會採取後者的方法。而且，尤其是心繫「含蓄」的谷崎潤一郎，這樣解說令人無法釋然。

本書中也出現過這種意見，文章的基本在於感性和感覺。引用如下：「因為所有的感覺都是主觀的，甲的感覺方式和乙的感覺方式要全然一致幾乎不可能。每個人都有好惡，甲喜歡清淡的味道，乙偏愛濃厚的味道。甲和乙雖然都擁有不錯的味覺，但甲覺得珍貴的美味，乙可能不太有感覺，甚至有時或許感覺難吃。（中略）那麼，如果鑑賞文章也帶有感覺時，終究無論是名文或惡文，離開個人的主觀不是就不存在了嗎？會產生這種疑問。」

雖然這麼寫，但我是在不否定他認為感覺是基本這件事之下，寫下對這說法唱反調的。簡單說，所謂感覺這東西，是「**經過一定的磨練之後，各人對同一的對象會產生同樣感覺**。而且，因此感覺才需要**磨練**。」這是他的意見。

在這裡他說的是，要能寫出傑出的文章，並不能只靠天生的才能，後天的練習和努力也很重要，加以補充這個意見，這當然沒有錯，不過再怎麼練習還是不行的情況也很多。本書的開頭他就寫道：「我認為文章並沒有區別實用的和藝術的。」不過依我的想法卻感覺有微妙的區別。我推測或許他心中也潛藏著這樣的想法，但《文章讀本》的目的，是讓讀者確實學會寫好文章，並不是為了成為小說家。因此我想，他的理論展開方式，這樣就很好。

譯後記

賴明珠

目前書店可以看到並譯成中文的《文章讀本》，主要有三種，作者分別為谷崎潤一郎、川端康成，和三島由紀夫。谷崎潤一郎的《文章讀本》於一九三四年由中央公論社出版。川端康成的《新文章讀本》一九五〇年在茜書房出版。三島由紀夫的《文章讀本》則於一九五九年同樣由中央公論社出版。

谷崎潤一郎的主要作品幾乎全部都由中央公論社出版。《源氏物語》的現代語新譯就是由該社的社長提議，並保證翻譯期間谷崎的生活無憂。因此谷崎晚年可以說每天從早到晚專心沉浸在《源氏物語》的新譯中，加上第二次改版的新新譯版，前後兩次版本，長達十餘年之久。《源氏物語》新翻譯成平易近人、優雅流暢的現代口語版，將千年前難讀的古書變成人人想先讀為快的暢銷書，也為出版社賺進空前的利潤。中央公論社為紀念谷崎的貢獻，於一九六五年慶祝創社八十週年時，設立了「谷崎潤一郎獎」。

每次讀谷崎潤一郎的小說，總要讚嘆他文章的精采和感覺的敏銳。這本《文章讀本》卻讓我們看到他以文學大師的眼光，如何鑑賞其他名家的文章，並解析這些好文章好在哪裡的祕訣。

他甚至舉李白的詩為例：

「床前明月光，疑是地上霜。舉頭望明月，低頭思故鄉。」

這首〈靜夜思〉相信大家都讀過，沒想到日本人也學過；但好在哪裡，卻很少人去仔細思考。谷崎舉出因為沒有放入主格，又不像西方語言那樣有時式的限制，而使讀者更容易自由聯想、感同身受，才能成為影響深遠的不朽佳作。

我讀到這段時非常驚訝，這幾句我們最熟悉的李白的詩，雖能朗朗上口，但老實說，好像從來沒有深入多想，為什麼？卻已牢牢記住，深受影響。

回想起我到日本千葉大學留學時，住進學生宿舍「浩氣寮」。男生宿舍和女生宿舍中間夾著餐廳。學生採取自助管理。三位炊事婦負責午餐和晚餐，傍晚把飯菜準備好，一到五點就先下班離去了。接著由兩位值日學生為同學服務，不少學生晚上外出打工，很晚才回來用餐。值班的同學最後會把木製飯桶洗乾淨，餐具放進洗碗機，並輪流在一本筆記簿上，寫下當天的值班日記。

我剛去不久，日文還沒想到該寫什麼，當時的心情有一點想家，不如寫一句最簡單的唐詩，料想同學也應該看得懂，於是寫的就是李白的詩，「**床前明月光，疑是地上霜。舉頭望明月，低頭思故鄉。**」——初出國門，身在異鄉，正是心情的寫照。值日簿上後來有同學留言，自己也學過這首詩。住「浩氣寮」的學生有從九州、北海道和各縣市遠道而來的，相信他們也會和我一樣思鄉和想家。

我喜歡「浩氣寮」這宿舍的名字，同樣的漢字，有熟悉的親切感。雖然男生宿舍前經常堆滿待回收的空酒瓶，令我驚訝。但也快速認識日本學生生活的各種面向。女生宿舍二樓有一間空空的榻榻米小房間，平常安靜無聲，不見人影。只有一些雜誌和不少學生看完留下的文庫本小說，任人自由取閱。學校還有較大的圖書館也可以隨時去借書。每個車站附近總有一兩家新舊書店，看得到新出版的書刊雜誌，和便宜的二手書。當時正流行五木寬之的《青春之門》系列小說，村上龍的得獎作《接近無限透明的藍》等。

同學也會向我推薦他們喜歡的作家的小說，甚至借我手塚治蟲的漫畫《火之鳥》……就在這個時期，我讀到了谷崎潤一郎的《春琴抄》和志賀直哉的《在城之崎》，覺得特別感動，作夢都沒想到自己日後竟會開始翻譯谷崎潤一郎的小說。

翻譯村上春樹多年後，也開始翻譯谷崎潤一郎，一個是當代作家，一個是上一世紀的作家，兩個時代，不同背景，不同個性的作家，卻也有些相同的地方。例如，兩人都喜歡貓、喜歡搬家，也都喜歡翻譯。這麼大的日本，很巧他們都搬到蘆屋來。村上春樹從出生地京都，隨父母先搬到夙川，再搬到相鄰的蘆屋。他的近作《棄貓》，就是描寫小時候父親騎車帶他到海濱去拋棄貓，貓卻比他們先跑回家的故事。谷崎潤一郎出生在東京最繁華的的日本橋。關東大地震後，房子倒塌，無家可歸，又怕再地震，於是乾脆搬到關西；輾轉住過大阪、京都，後來也搬到蘆屋。尤其晚年專心創作《細雪》和翻譯《源氏物語》現代語版時，就住在蘆屋。一九八八年谷崎潤一郎紀念館自然也設立在蘆屋市，就是他住過的地方。上次我到蘆屋去探訪村上的故鄉，也參觀了谷崎潤一郎紀念館，記得當天正舉辦一場《蘆割》的朗讀會。

谷崎潤一郎是第一個開始寫《文章讀本》的作家，後來三島由紀夫也寫了《文章讀本》，透露畢生最愛的志賀直哉和盛讚如神的谷崎潤一郎。我大學時第一次讀到三島的《金閣寺》，印象非常深刻，從此也喜歡三島。可惜三島早逝，如果他能多活三十年，我們不知道能多讀多少他的傑作。可見作家的健康和長壽有多重要。這一點，村上春樹早早開始跑馬拉松鍛鍊身體，身為讀者和譯者都該深深慶幸。

一九八五年村上春樹以《世界末日與冷酷異境》獲得谷崎潤一郎獎。如今年過七十的村上依然抱著永遠十八歲的精神繼續努力創作。他最喜歡的美國作家是費茲傑羅和錢德勒，最喜歡的日本作家則是夏目漱石和谷崎潤一郎。

偉大的作家都有一種使命感，要為年輕讀者寫一點什麼，以鼓勵讀者。例如兩位諾貝爾獎得主，川端康成寫了《新文章讀本》，大江健三郎寫了《為什麼孩子要上學》、《給新新人類》；而村上春樹的《為年輕讀者的短篇小說導讀》（是他在美國普林斯頓大學擔任駐校作家時，每星期上一課的小說選讀教材），可以說是另一種形式的文章讀本。

谷崎潤一郎七十九年的生涯，從少年期開始創作，直到晚年持續不斷，完整地把人類一生之中，各個年齡層可能會有的種種情和慾、性與愛，像挖礦般，呈現在讀者眼前。令世人震驚，甚至毀譽參半。然而他已深獲讀者的信賴，每一部新作，都期待會有新的驚奇，不得不佩服他的勇氣和開創性。

我從二〇〇四年開始翻譯谷崎潤一郎的作品，第一本《春琴抄》，接著《貓與庄造與兩個女人》、《盲目物語》、《文章讀本》之後，《吉野葛》也已出版。

在這期間很幸運，聯合文學請到多年研究並熱愛谷崎潤一郎的林水福教授翻譯谷崎一系列作品，從《卍》、《鍵》、《癡人之愛》、《少將滋幹之母》、《瘋癲老人日記》、《夢浮橋》和長篇小說代表作《細雪》。更難得的是，每本開頭都附有深入而詳盡的〈導讀〉。就像讓讀者實際先上一堂林老師的谷崎課一樣，我也是其中的愛讀者之一。

國家圖書館出版品預行編目資料

文章讀本（增訂新版）/ 谷崎潤一郎著．賴明珠譯
-- 二版．-- 臺北市：聯合文學，2020.12
232 面；14.8×21 公分．--（聯合譯叢；90）

ISBN 978-986-323-366-4（平裝）

803.17　　109019908

聯合譯叢 090

文章讀本（文章読本）增訂新版

作　　者／谷崎潤一郎
譯　　者／賴明珠
審　　定／林水福
發 行 人／張寶琴

總 編 輯／周昭翡
主　　編／蕭仁豪
資深編輯／尹蓓芳
編　　輯／林劭璜
資深美編／戴榮芝
業務部總經理／李文吉
行銷企劃／蔡昀庭
發行專員／簡聖峰
財 務 部／趙玉瑩　韋秀英
人事行政組／李懷瑩
版權管理／蕭仁豪

法律顧問／理律法律事務所
陳長文律師、蔣大中律師

出 版 者／聯合文學出版社股份有限公司
地　　址／(110)台北市基隆路一段 178 號 10 樓
電　　話／(02)27666759 轉 5107
傳　　真／(02)27567914
郵撥帳號／17623526 聯合文學出版社股份有限公司
登 記 證／行政院新聞局局版台業字第 6109 號
網　　址／http://unitas.udngroup.com.tw
E-mail:unitas@udngroup.com.tw

印 刷 廠／鴻霖印刷傳媒事業有限公司
總 經 銷／聯合發行股份有限公司
地　　址／(231)新北市新店區寶橋路235巷6弄6號2樓
電　　話／(02)29178022

出版日期／2008 年7 月　初版
2020 年12 月　二版
定　　價／320 元

ISBN 978-986-323-366-4（平裝）